最後の晩ごはん

海の花火とかき氷

椹野道流

角川文庫
20705

登場人物

イラスト／くにみつ

淡海《おうみ》五朗《ごろう》

小説家。高級住宅街のお屋敷に住んでいる。「ばんめし屋」の上顧客。

夏神《なつがみ》留二《りゅうじ》

定食屋「ばんめし屋」店長。ワイルドな風貌。料理の腕は一流。

五十嵐《いがらし》海里《かいり》

元イケメン俳優。現在は看板店員として料理修業中。

里中《さとなか》李英《りえい》

海里の俳優時代の後輩。真面目な努力家。舞台役者目指して現在充電中。

ロイド

眼鏡の付喪神。海里を主と慕う。人間に変身することができる。

五十嵐《いがらし》一憲《かずのり》

海里の兄。公認会計士。真っ直ぐで不器用な性格。

プロローグ

ハーイ！　こんばんは、みんな。「ディッシー！」でお馴染《なじ》み、朝のお料理お兄さんこと五十嵐《いがらし》カイリです！

ミュージカル時代の相棒、沢村《さわむら》トモのピンチヒッターってことで、今夜は一時間、よろしくお願いしまっす。

大丈夫、トモね、死んでないよ。重病でも大怪我でもない。

ただ、風邪引いて声が出ないんだって。

テレビならニコニコしてりゃいいけど、ラジオは喋《しゃべ》れないとヤバイっしょ。

ほらあれ、何て言うんだっけ、そう、放送事故！　何秒黙ってたら怒られるとか、決まってるらしいもんね。

ね？　そうでしょ？

あっ、今のはリスナーのみんなじゃなくて、ガラスの向こうにいるディレクターさんに訊《き》いたんだ。

凄《すご》いんだよ、俺がわかんないって顔したら、ディレクターさんがすぐ教えてくれんの。

リアクションもくれるから、ひとりでも寂しくないってわけ。

いや、寂しくはないけど、ビビってはいるよ、俺。

これまでラジオに出たことは何度もあるけど、実はパーソナリティをやるのは初めてなんだよね。

チョー緊張するけど、こんな感じでいいのかなあ。いい？　あっそう。よかった。

じゃあ、空気も暖まってきたところで、まずは最初のコーナー、リスナーさんからのメールでお悩み相談室～！

一通目！　東京都板橋区《いたばしく》にお住まいの、ラジオネーム「ささくれ女子」さんから。

ささくれ女子って名前、なんかすげえな！

名前からしてささくれてるよね……指かな、心かな、両方かな。まあいいや。

「こんばんは、トモ君」

こんばんは、トモの代理のカイリです。

「私は高校二年生です。同じクラスの男子とつきあい始めて半年になるんですが、昨日、一年生の女子と二股《ふたまた》をかけられていることが発覚しました！　どっちも同じくらい好きだから、選べないそうです。別れたければ別れるよって言われたけど、彼が大好きだから別れたくない！　トモ君なら、こういうときどうしますか？」

うっわー。しょっぱなからこれヘヴィー過ぎる相談じゃない？

トモ、いつもこんな重たい相談受けてんの？　すげーな、あいつ。

や、でも今日は俺が頑張らなきゃな。

うーん……コホン、そんじゃ、お答え！

ぶっちゃけさ、俺とかは事務所的に恋愛NGだから、今は恋人いないよ。

けどまあ、高校時代は……ありやなしやって感じだから、ささくれ女子さんの気持ちはわかるっちゃーわかる。

二股かけられて腹立つけど、それでも彼氏のことが嫌いになれないどころか、まだすっげー好きで苦しいって感じ？

きっと、ささくれ女子さんのほうから告白して、付き合い始めたんじゃね？

だったら、自分からは別れるなんて、なっかなか言えないよな。

そんな簡単に諦《あきら》められないよな～。わかる。

一年生女子んとこ行って、戦っちゃう？　彼氏と別れてって言っちゃう？

それとも彼氏に、一年生女子と別れてって迫っちゃう？

どっちもアリだと思うよ。

でもさあ。俺、そういう経験ないからわかんないけど、そのまま付き合い続けて、どうにかなるもん？

だってほら、ささくれ女子さんとつきあってるのに、他の女の子にも目が向いちゃったってことは、彼氏的には、彼女はひとりじゃ足りないってことでしょ？

だとしたら、彼氏がもうひとりの女の子と別れたとしても、もう一度ささくれ女子さんだけのものになってくれることは、もうないんじゃない？

また新しい子を見つけちゃうんじゃないかなあ。

俺だったら、さっさとそんな奴捨てて、新しい恋を探すね。

どんなに好きな相手でも、どんなにいいとこがたくさんあっても、二股かけちゃうような奴はダメだよ。

人としてダメ！

あ、ディレクターが何か言ってるから待ってね。

なになに？ カイリ君はふたりの人を同時に好きになったりする？ って、何だよ、その質問。

わっかんねえー。

でもまあ、ふたりの人に同時に好きになられることなら経験あるな！

あっはっは、ふたりどころじゃないか！

基本、俺は、俺を好きでいてくれるみんなのものだよ。

なーんてね。照れるだろ、何言わせてんだよ。

じゃ、次のメール……。

……ま。

「……ん？　邪魔すんな、次のメール……読ま……きゃ……」

「海里《かいり》様！」

「……んぁ？」

目を開けた五十嵐海里は、真上から自分を覗《のぞ》き込む白人男性の顔を見て、「うわっ」と驚きの声を上げて跳ね起きた。

当然の結果として、彼はその男性と額を正面衝突させる羽目になり、二人は悲鳴を上げてひっくり返った。

「あだだだ……ちょ、なんだよ、ロイド。人が気持ちよく寝てたのに」

ロイドと呼ばれた白人男性も、秀でた額を擦《さす》りながら、迷惑そうに言い返す。

「何を仰せになりますか。うなされておられたので、起こして差し上げたのですよ！まったく、眼鏡は繊細な生き物なのですから、乱暴に扱われませぬよう」

「眼鏡は生き物じゃねえよ、普通は」

海里は悪態をつきながらも、思わず噴き出した。

なるほど、確かに夢を見ていたようだ。

今、彼がいるのはラジオ局の収録スタジオではなく、定食屋の二階の、狭い自室だ。

就寝前のひととき、タブレットで動画を見てくつろいでいるうち、いつの間にか寝てしまったのだろう。見れば、腹の上に座布団が載っている。

どうやらロイドが布団代わりに載せてくれたものらしい。

（ああ……そうだ。俺はもう芸能人じゃない。定食屋の住み込み店員だ）

海里はその座布団を脇にどけるともったりした動きで胡座《あぐら》をかき、やけにきちんと正座しているロイドを見た。

「俺、どんくらい寝てた？」

「さて、二時間弱といったところでしょうか。つい先ほどまでは、気持ちよさそうに眠っておいででしたよ」

「そっか。座布団サンキュ……っていうか、普通はタオルケットとかじゃね？」

「タオルケットは、海里様の頭の下にありましたもので」

「あ、ホントだ。枕に使ってたの、畳んだまんまのタオルケットか」

「はい。大は小を兼ねるのと同様、厚いは薄いを兼ねるかと思いまして、座布団を」

「いや、たぶんそれは兼ねない」

「む……何故でございましょうな。はっ、そういえば、『過ぎたるは及ばざるがごとし』という諺《ことわざ》もございますね」

「そうそう。ほら、見ろよ。腹だけめっちゃ汗掻《か》いてる」

海里はTシャツの裾《すそ》をまくり上げ、無駄な肉のついていない削《そ》げた腹を丸出しにしてみせた。確かにそこだけが、じっとりと汗ばんでいる。

Tシャツで汗を拭《ぬぐ》う海里を見ながら、ロイドはしょんぼりと項垂《うなだ》れた。

「おやおや。これは失礼致しました。どうにも、眼鏡には難しいさじ加減でございますねえ」

どこからどう見ても人間にしか見えない、流暢《りゅうちょう》な日本語を操る彼は、実は「魂が宿った眼鏡」である。日本古来の言葉で言えば、「付喪神《つくもがみ》」ということになるのだろう。

長い年月を共に過ごした主《あるじ》の死後、無残に打ち棄てられた彼は、偶然、海里に拾われて以来、海里のことを新しい主人と仰ぐようになった。

眼鏡のときはたいてい海里の服のポケットに収まり、人間の姿になったときは今のように海里の傍で自由に過ごしている。

「ま、気持ちはありがたく貰《もら》っとく。……はー、それにしても、懐かしい夢見たなあ」

しみじみと呟《つぶや》く海里に、近くにあったペットボトルのお茶を差し出し、ロイドは小鳥のように首を傾げた。

「悪夢ではなく、懐かしい夢、でございますか？」

海里はペットボトルのお茶をごくごく飲んでから、ちょっと照れ臭そうに頷《うなず》いた。

「未練なのかな、芸能人時代の夢。仲間のピンチヒッターでラジオのパーソナリティをやったことがあるんだ。そんときのことを夢に見た」

ロイドはそれを聞いて目を輝かせ、海里のほうににじり寄る。

「おや、我が主はそのようなご経験までおありでしたか。そのときの夢を？　では、うなされておいでだったのではなく……」

「うん。たぶん、フッーに喋《しゃべ》ってただけ」

「おやおや。それは失礼致しました。ラジオでは、どのようなことをお話しに？」

「リスナーさんのお悩みに答えたり、好きな音楽かけたり、ドキドキしたけど面白かったよ。けど……」

「けど？」

「思い出したら急に恥ずかしい」

そう言ってペットボトルを小さな床の間の端に置いた海里は、両手でガサガサと、ただでさえ寝乱れたままの髪を掻き乱した。

そんな主の様子に、ロイドは不可解そうにさらに首を横に倒す。

「何故、恥ずかしいのです？」

「いや、だってさあ。ろくすっぽ人生経験もない若造が、見知らぬ他人の悩みにドヤ顔で答えるとかさあ。言うことペラッペラだし、無責任にも程があんだろ。あああ。思い出したら、嫌な汗出てきた。マジでムカツク奴だわ、過去の俺」

恥ずかしい恥ずかしいと顔を覆って呻《うめ》きながら、海里は再び畳の上にひっくり返る。

「おやおや」

そんな主の姿を、彼よりずっと「年上」の眼鏡は、優しく微笑んで見守った……。

一章　平穏な日々

今年も、梅雨の最中《さなか》から夏が始まり、梅雨明けと同時に「猛暑」が始まった。

七月も半ばを過ぎた日曜日の夕方、兵庫県芦屋《あしや》市、阪神《はんしん》芦屋駅にほど近く、芦屋川沿いにある小さな定食屋「ばんめし屋」の屋根瓦《やねがわら》には、強い西日がギラギラと反射している。

その屋根の下では、この店の住み込み店員五十嵐海里と、眼鏡の付喪神ロイドが、一階の厨房《ちゅうぼう》でエプロンをつけたところだった。

「ところで海里様は、これから何を？」

ロイドは、枝から枝豆の莢《さや》をプチプチと一つずつ鋏《はさみ》で切り取る作業を始めながら、主に問いかけた。

枝豆は今年、海里が猫の額ほどもないささやかすぎる裏庭でプランター栽培したものだ。

成長途中でカメムシの大群に狙われ、一時は全滅しかかったものの、多少の農薬の力を借りてどうにか退け、大粒の豆をたくさん実らせた。それをさっき、ロイドが大喜びで収穫してきたのである。

海里は、冷蔵庫の中身を確かめ、次いで冷凍庫を開けて答えた。

「そろそろ、試作を兼ねて晩飯の支度でもしよっかなって。暑すぎるから、もう一歩も外に出たくないだろ。どうにかありあわせで済ませたいんだよな」

「そういえば、日が長くなったので気付きませんでした。もう夕方でございますね。夏《なつ》神《がみ》様も、そろそろ戻ってこられる頃でしょうか」

「たぶんな」

午後六時前を指している壁掛け時計を見やり、海里は頷いた。

夏神は、朝から外出している。

行き先は、岡山県某所。

目的は、墓参である。

先日、雪山遭難で命を落とした恋人の墓所を、彼女の両親からようやく教えてもらえた夏神は、以来、休みのたびにそこへ足を運んでいる。

「ちょっと行き過ぎじゃね？　彼女さんにウザがられても知らないよ」

そう言ってからかいながら、海里もロイドも、そんな夏神を微笑ましく見守っている。

共に遭難したのに、救助を求めに山小屋へ向かった自分ひとりが助かり、その間に登山仲間や恋人をみすみす死なせてしまったことで、夏神はずっと自分を責め続けてきた。

救助された後、不安定な精神状態で臨んだ記者会見で彼が口走った「自分は仲間を捨て逃げた」という真実ではない言葉が、彼自身だけでなく、彼の家族の人生を滅茶苦茶《めちゃくちゃ》にし、仲間たち、とりわけ恋人の遺族を深く傷つけ、憤らせた。

そのつらすぎる過去が、夏神の人生にずっと暗い影を落としてきたのだ。

無論、今もすべての関係者の誤解が解けたわけではないが、恋人の両親から一定の「赦《ゆる》し」を得ることができて、夏神の背負った重荷が少しでも軽くなったことを、海里たちは心から喜んでいる。

夏神自身も、表情がずいぶん晴れやかになり、定食屋の仕事にもますます熱が籠《こ》もっているようだ。

二言目には「香苗《かなえ》が見とるからな」と恋人の名を口にするのを「はいはい」と聞き流しながらも、ついつられて顔がほころんでしまう海里である。

「あーくそ、冷凍の半端な肉がねえな」

冷凍庫を閉め、腰に手を当てて、海里は小さく舌打ちした。

土日の休日には、基本的に、各自が食べたいものを作って食べることになっている。

そう言いつつも、すっかり互いに打ち解けた最近では、休日でも共に厨房に立ったり、家にいるほうが作り、相手を誘ったりすることが多くなった。

特に、料理人としてはまだまだ見習いの海里にとっては、休日の料理は練習であり、夏神に新しいメニューをプレゼンするための試作の機会でもある。

そんなわけで、週末の料理には、店で出した食材の残りを自由に使っても構わないと、夏神から許可が出ている。

いつもなら、数十グラムの肉くらいは探せば見つかるものだが、今日に限って、冷蔵庫は空っぽ、冷凍庫もスカスカの状態である。

どうしても梅雨時は、悪天候のせいで客足が遠のく。仕入れが控えめだったのと、残った食材を翌日のメニューにも使い回せるように計画していたのとで、どうしても備蓄や余り物が少なくなってしまったようだ。

ロイドは、心配そうに海里を見た。

「ならば、お魚は?」

「うーん、干物もねえな。ちりめんじゃこと海老《えび》は冷凍のがあるけど、店で出せるだけの量がちゃんとあるからダメだ」

「それは残念でございますね」

「んー。でもまあ、初志貫徹といくか。俺、昨日の夜から、猛烈にそぼろご飯が食いたいんだよ」

そんな海里の宣言に、ロイドは色素の薄い茶色い目をパチパチさせた。

「そう仰《おっしゃ》いましても、そぼろご飯は、そぼろがなくては作れますまい。つい先ほど、お肉もお魚もないと……」

「ないよ」

「お買い物に行くのも嫌だと仰って……」

「嫌だよ。だって、さっき枝豆収穫したときも、滅茶苦茶暑かったじゃん」

それには、ロイドもギュッと眉根《まゆね》を寄せ、情けない顔で大いに同意する。

「まことに！　セルロイドはことさら熱に弱《よわ》うございますからね。枝豆の束を持ったまま、ぐんにゃり後ろ向きの真っ二つに曲がるかと思いました」

「やめろよ、そういうエクストリームブリッジ。裏庭、外から見えんだから、通行人が心臓発作起こしちまうだろ」

「それは困ります」

「だろ。人間の姿のときは、くれぐれも無理すんな。……つかまあ、人間にとってもこの暑さはきっついよ。三十五度とか三十六度とか、ガキの頃は見たこともない気温だったような気がするんだけどな」

海里は嘆きながら、カウンター越しにテーブルの上に置いてあったリモコンを取り、エアコンの設定温度をピッと下げた。

店内にエアコンは一台しかないので、試作といえども、店じゅうを冷やすことになる。罪悪感から設定温度を高めに設定していたが、これから火を使おうというのに、二十八度設定では、外から壁や窓越しに襲ってくる熱波にとても太刀打ちできない。

早くも海里の額には、じっとりと汗が滲《にじ》んでいる。

「日没までは、二十六度にさせてもらおうっと。ロイドが変形しないように！」

「わたしを言い訳になさるとは、情けのうございますよ」

「いいの。これからちょいと力仕事をするからな。涼しくしたい」

そう言ってリモコンを置いた海里は、乾物をストックしておく戸棚を開けた。

取り出したのは、高野豆腐《こうや》である。

「じゃじゃーん」

そう言って鼻先に突き出された紙箱入りの高野豆腐を、ロイドは不思議そうにまじまじと見た。

「それは……夏神様がよく煮物の小鉢になさる……」

「そう、高野豆腐。今日はこれでそぼろを作ろうと思いまーす！」

かつて朝のテレビ番組で料理コーナーを担当していた頃のようなおどけた口調でそう言い、海里は高野豆腐の箱をいったん調理台に置いて、小振りな片手鍋《なべ》に水をカップ一杯弱注いで火にかけた。

「休みの日だから、出汁《だし》はこれでいいや」

そんなささやかな言い訳をして、そこにさらりと粉末だしを振り入れてから、海里は紙箱から高野豆腐を取り出した。ロイドはガスコンロには近づかないようにしつつも、海里の近くに立ち、興味津々で作業を見守る。

「高野豆腐を煮て、刻まれるので？」

「まさか。めんどくさいだろ、そんなの。これを使うんだよ」

そう言って、海里が得意げに取り出したのは、おろし金だった。厨房におろし金は何枚かあるが、その中でもやや目の粗いものだ。

海里はボウルにおろし金を差し入れると、乾燥状態のままの高野豆腐を勢いよくすりおろし始めた。

かしゅかしゅという乾いた音と共に、高野豆腐は粉状、あるいはごく小さな欠片《かけら》となって、ボウルの中に溜《た》まっていく。

「おお……！」

澄ましていれば、夏でもツイードのジャケット着用のお洒落《しゃれ》な英国紳士だが、ひとたび表情筋を動かすと、まるで子供のようにピュアな顔つきになるロイドは、キラキラした目で両手を差し出した。

「海里様、それは是非わたしめにお任せくださいませ」

「あ？　そんなにやりたいのか？　まあ、枝豆はさほど急がないから、いいよ」

「やった！　でございます。では！」

海里が快く脇に退《ど》くと、ロイドはいそいそとやってきて、嬉々《きき》として高野豆腐をすりおろす。その口からは、弾んだ声が上がった。

「おお！　するするとおろせますな。もっと力が必要なのかと思いましたが」

「なんだかだ言っても、元は豆腐だからな。そんな、石みたいに固いはずがないって。こうやって高野豆腐をすりおろしたやつ、粉豆腐って呼ぶんだってさ」

笑いながら、海里はふつふつしていた出汁に、目分量で砂糖とみりん、薄口醤油《しょうゆ》を入れ、やや強めの甘じょっぱい味に整えた。その煮汁に、ロイドがすりおろした高野豆腐を、さらさらと全部投入する。

たっぷりした煮汁を吸い上げて、高野豆腐はたちまち膨らみ、確かにそぼろ状になった。少し離れてそれを見ていたロイドは、パチパチと拍手した。

「素晴らしい！　高野豆腐が本当にそぼろになりました！　海里様は素晴らしいアイデアの持ち主でいらっしゃる」

絶賛されて、海里はいささか決まり悪そうに頭を掻《か》いた。

「や、俺のアイデアじゃないよ。こないだ、料理の本を読んでたら出てきたんだ。高野豆腐って、ベジタリアンの間で、前から肉の代わりに使われてきたんだってさ。衣をつけて唐揚げにしたりとか」

「ほほう。そういえば先刻、高野豆腐は『元は豆腐』と仰せでしたが、そうなのですか？」

ロイドの質問に、海里はやや曖昧《あいまい》に頷《うなず》く。

「俺も自分で作ったことはないんだけどさ。調べた限りでは、古いやり方だと、切った豆腐を真冬の屋外に吊《つる》して、凍らせるんだって」

「凍らせる？」

「そ。夜に凍った奴が、昼に解けるだろ？　そのときに、豆腐の中の水分が蒸発するんだ。それを何度も繰り返して、水分を徹底的に抜いた奴が、高野豆腐ってわけ」

「ははあ、なるほど」

「だから、凍り豆腐ともいうらしいよ。まあ、今は工場で温度調節して作ってるんだろうから、軒先に吊すなんて情緒はもうないと思うけど」

「海里様は博識でいらっしゃる。豆腐の原料の大豆は『畑の肉』と呼ばれているとか。ならば、豆腐から作られた高野豆腐が肉代わりになるのも頷けますな。外見も、鶏の挽《ひ》き肉で作るそぼろにそっくりです」

感心するロイドに、鍋の中身を木べらでゆっくり掻き混ぜながら、海里も同意する。

「俺も試したのは初めてだけど、マジで肉っぽいよな。旨《うま》そう」

「まことに」

Tシャツの袖《そで》で顔の汗を拭《ぬぐ》いながら、海里はじっくりと高野豆腐に煮汁を含ませていく。指先でほんのちょっとつまんで口に入れてみると、食感はまさに挽き肉だった。

嚙《か》むと抱え込んだ煮汁がじゅわっと溢《あふ》れ、粉末出汁のややジャンクな味が、この場合には実にいい仕事をしてくれる。

ロイドは枝豆の莢《さや》を切り離す作業に戻り、しみじみと言った。

「ここに来てより、様々な食材や料理を口にしたと思いましたが、まだまだ見知らぬ味があるのでございますねえ。今日もまた新しい料理を知ることができて、嬉《うれ》しゅうございますよ」

「大袈裟《おおげさ》だよ」

「大袈裟ではございません。前の主《あるじ》は、おひとり暮らしになってからは、日々、似たようなものばかり召し上がっていました。お傍にいるのが今のわたしであれば、火を使わない簡単な料理くらいは作ってさしあげられましたものを。ほら、先日作らせていただいた胡瓜《きゅうり》の酢の物など、今の季節、きっと喜んでいただけたでしょうねえ」

後半は独り言のような調子で呟《つぶや》いたロイドの横顔に、何とも寂しげな表情が浮かんでいるのに気づき、海里ははっと胸を打たれた。

(そっか。こいつは、前のご主人と死に別れてるんだもんな。やっぱ、懐かしく思い出したり、寂しくなったりすることもあるんだろうな)

子供っぽい言動のせいで日頃は忘れがちだが、ロイドは作られてから百年以上も「生き」続けているのだ。まだ生まれて三十年も経っていない海里よりは、ずっとたくさんのものを見てきたに違いない。

「見てきた……眼鏡だけに」

「はい？」

「あ、いや、何でもない」

頭に浮かんだくだらない洒落が声に出てしまっていたことに気づき、海里は慌ててごまかし、火を止めた。

たっぷりあった煮汁は、無論、煮詰めて蒸発した分もあるが、大部分が粉豆腐に吸収された。鍋の中には、旨そうなそぼろが十分な量、出来上がっている。

「んー。旨そう。でも、飯と合わせるなら、やっぱもうちょっとパンチがほしいな」

そう言ってしばらく考えてから、海里はほんの少しだけ鍋の中にごま油を垂らし、そぼろとよく混ぜ合わせた。

「ごま油で、こくが出そうな気がする。……うん、このくらいほんのりした香り付けなら、うるさくもないや。完成！」

味見をした海里が満足げにそう言うのと同時に、入り口の引き戸がガラリと開いた。

ぬっと入ってきたのは、Tシャツにブラックジーンズ姿の夏神だ。仕事中には手拭いでまとめているザンバラ髪を、今日は後ろにざっと撫《な》でつけている。

「おう、ただいま」

「お帰り！」

「お帰りなさいませ」

片手を軽く上げて入ってきた夏神に、海里とロイドは口々に声を掛けた。

夏神は後ろ手で引き戸を閉め、ふんふんと鼻をうごめかせる。

「ええ匂いやな。俺の分もあるか？」

「あるよ！　あと、枝豆も第一弾を収穫したから、とれたてを茹《ゆ》でようと思ってるとこ」

それを聞いて、夏神は相好を崩した。

「ええな！　最高の夏の贅沢《ぜいたく》や」

いささか強面《こわもて》の夏神だが、笑うとクシャッと目元にしわが寄り、ワイルドながら人好きのする表情になる。

温かな人柄がそのまま透けてみえる、飾らない笑顔だ。

海里などは、芸能人だったときの癖が抜けきらず、笑うときはつい口角を上げて魅力的な笑みを作るよう無意識に頑張ってしまうことがあるので、そういう夏神の素朴な笑顔が羨《うらや》ましく思える。

「駅前でビール買《こ》うてきてよかったわ。せやけど、ざっと汗流してきてええか？」

「勿論《もちろん》。つか、俺も夏神さんの後にシャワるよ。お互い、さっぱりしてから飯にしよ」

「おう。ほなお先に」

夏神はカウンターの上に六缶セットのビールが入ったビニール袋を置くと、ドスドスと重量感のある足音を立てて階段を上がっていく。

「オッケー。これでそぼろは完成。飯は冷凍の奴をチンすりゃいいし、卵は食う寸前に焼いたほうが旨い。となれば、俺もそっちを手伝うか。手早く済ませちまおうぜ」

海里は引き出しからキッチン鋏《ばさみ》を取り出し、ロイドのもとへ歩み寄る。

ロイドは大事そうに枝豆の莢を一つ一つ切り取っている。莢の一部を切り落とすことで、茹で水の塩分が豆に滲《し》みやすくなるのだ。

「ご一緒にこういう作業をするのは、楽しゅうございますね」

ニコニコしてそう言うロイドに、海里は面食らってちょっと変な顔になる。

「そうか？　むしろなんかこう、単純作業をしてると、脳が死んでいく感じがする」

「脳が、死ぬ？　それは大変なのでは」

「たとえだよ。だんだん何にも考えずに手を動かすようになるだろ、こういうの。頭がぼんやりして、そのうち脳の電源が落ちて、システムがリセットされるような気がするんだ」

　手を止めず、ボウルの中に次から次へとまるまる太った莢を放り込みながら、ロイドは海里の言葉を嚙み砕くような、慎重な口ぶりで問いかけた。

「それはつまり……よいことなのでしょうか、悪いことなのでしょうか？」

「いいことかどうかはわかんないけど、悪いことじゃないような気もする。ほら、俺たちがくたびれたら休むみたいに、脳にだって休憩は必要だろ」

「眼鏡にメンテナンスが必要であるようなものでしょうかね」

「そうそう。だけど、何してたってつい頭を使っちゃうからさ。寝てる間でさえ、夢を見てる間なんかは、脳が動いてるんだろうし。こういう決まった動作を黙々と何も考えずに続ける時間って、意外と貴重かもしれないよな」

「なるほど！」

「脳を休ませた結果として、旨い枝豆が食えるって最高だろ」

「最高でございます。では、わたしも海里様に倣い、脳を休ませることに致しましょう」

「なあ……眼鏡の脳ってどこにあるんだ？」

「はて」

そんなとぼけた会話も自然と途絶え、海里とロイドは、そのままひたすらに鋏を動かし続けた……。

「晩飯、作ってくれておおきにな。ほな、おつかれさんでした！」

「どういたしまして！　おつかれ！」

「お疲れ様でございます」

夏神の音頭で、三人は二階の茶の間で小さな卓袱台《ちゃぶだい》を囲み、缶ビールで乾杯した。

平日はあまり家ではアルコールを飲まないので、休日ならではのアクションである。

夏神と海里はともかく、眼鏡のロイドまでビールを一口飲み、「くーっ」と、やけに人間くさい声を上げる。

海里は可笑《おか》しそうに笑いながら、そんな眼鏡をからかった。

「わかって言ってんのかよ、それ」

座布団の上にきちんと正座したロイドは、にっこり頷《うなず》く。

「勿論でございます。このしゅわしゅわが、五臓六腑《ごぞうろっぷ》にしみわたりますよ」

「……だから眼鏡のどのあたりにあんだよ、五臓六腑」

「それはわたしにもわかりかねるところで。さりとて、こうしてあれこれと美味《おい》しく頂《ちょう》戴《だい》できるわけですから、些末《さまつ》なことは問題ではございません」

「いや、わりと些末じゃない気がするけど……ま、いっか」

こちらも大雑把に追及を諦《あきら》め、海里は深い鉢に山盛りにした、まだ熱々の枝豆を夏神に勧めた。

「これ、プランターで採れた枝豆。『湯あがり娘』っていう品種なんだって。食べてみてよ」

「えらい色っぽい名前やな。立派にできたもんや。ほな、ありがたくいただきます」

律儀に手を合わせてから、夏神は枝豆をひと莢《さや》ヒョイと取り、太い指で豆を次々と口の中に押し出した。

もぐもぐと頬張って、ちょっと驚いた表情になる。

「おっ、こらビックリするくらい甘《あも》うて香ばしいな。茶豆の系統か」

「そうそう。うん、旨《うま》い。確かに、だだちゃ豆とかと同じ系統の味がする。採りたてって、滅茶苦茶《めちゃくちゃ》旨いな！　買ったのと全然違う」

海里も自画自賛で次々と豆を口に運ぶ。ロイドはひと莢分をゆっくりと味わい、うーんと、まるでグルメ評論家のような唸《うな》り方をした。

「美味なものでございますね。わたしの収穫の腕が遺憾なく生きております」

「あのなあ。収穫って言ったって、鋏でバシバシ切っただけだろ。せっせと育てたのは俺！」

「わたしも見守りましたよ、時々」

「時々だろ。野菜は毎日見守って、世話をするもんなんだっつの」

　そんな二人の言い合いをいつものことと聞き流しつつ、夏神は鮮やかな黄緑色の豆を惚《ほ》れ惚《ぼ》れと見た。

「せやけど、あんななけなしの、さほど日当たりもようない庭で、しかもプランターやろ。ようできたもんやな」

　海里は少し残念そうに言葉を返した。

「確かにそうなんだけど、どうせなら無農薬で作りたかったたな。虫がつきすぎて、農薬をちょっとだけ使わざるを得なかったのが悔しいよ」

　すると夏神は、まだ湿ったままの前髪を煩わしそうに手櫛《てぐし》で撫でつけながら、むしろ怪訝《けげん》そうに言った。

「そらまあ、農薬を使わんで済んだらそれに越したことはないやろけど、少々使《つこ》うたから言うて、気にすることはあれへん」

「まあね。でも何かこう、ビミョーに値打ちが下がる感じが……」

「そないなことがあるかいな」

　夏神はあっけらかんと笑い、海里の背中を大きな手のひらで軽く叩《たた》いた。

「ないかな？」

「ないない。考えてもみい。そら俺らかて、薬を飲まんで済むに越したことはあれへん。けど、風邪引いて薬を飲んだから言うて、人間としての値打ちが下がるか？　下がらんやろが。枝豆も一緒や。いっぺんちょろっと家庭用の農薬使うたから言うて、価値が下がるわけがあれへん」

　夏神の明快な理論に、海里はようやくスッキリした顔に戻った。

「そうだな！　規定量より全然少なめにしか使ってないし、いっぺんだけだし！　うん、旨い。じゃあ、俺の枝豆、完璧《かんぺき》。あ、そぼろご飯も食べてよ」

「おう。旨そうやな。こっちにも枝豆が載っとんか」

　夏神は、目の前に置かれた小振りの丼《どんぶり》に視線を向けた。

　いわゆる、三色丼である。

　そぼろと、ぽろぽろの炒《い》り卵、そして茹《ゆ》でた後、莢から出して炒《いた》め、味付けした枝豆が、白飯の上にほぼ同じエリアずつ載せられている。真ん中にちょんと盛られた紅ショウガは四色めのご愛敬《あいきょう》ということになるだろうか。

「前に、夏神さんがそぼろご飯を弁当にしてくれただろ？　あれがもっぺん食いたくなって、あり合わせで作ったんだ」

「へえ。綺麗《きれい》に仕上げたもんやな。いただきます」

　敢《あ》えてそぼろの材料については言及せず、海里は夏神がスプーンでそぼろとご飯をたっぷり掬《すく》い、口に運ぶのをじっと見守った。ロイドも、ワクワクが抑えきれない顔つきをしている。

　何度か咀嚼《そしゃく》した後、夏神は首を傾げた。

「旨いけど、何や不思議な食感やな。きゅっきゅする。……もしかして、これ、アレか。

高野豆腐か!」

「ピンポーン! やっぱ、即バレしたかぁ」

「さすが夏神様、すぐおわかりになりましたね」

二人に褒められ、夏神は照れ臭そうに顔をしかめた。

「おい、腐ってもこちとらプロやぞ。わからいでか。とはいえ、上手《うま》いことできとる。これは……すりおろしか」

「そ。すりおろしてから煮込んだ。半信半疑で作ってみたけど、下手な肉より旨いよな」

「旨いんは、味付けにメリハリがあるからやな。ごま油もよう効いとる」

褒める間にも、夏神は大きな口に石炭をくべるような勢いでそぼろご飯を放り込んでいく。

「ふむ。卵にはちょい砂糖入れたか。これもええな。豆も……ほんのり味ついとるな。香りもええ。味噌《みそ》か?」

「うん。やっぱ飯と合うようにしたかったから、ほんのちょっとだけ味入れた。味噌も大豆から出来てんだから、枝豆とは感動の再会みたいなもんだろ。合うと思って」

「たぶん別の畑で生まれた赤の他人やろから、感動の再会ではないかもしれへんけど、間違いなく合うな。砂糖醤油《じょうゆ》と出汁《だし》、砂糖、味噌か。飯と合わせるにはええ組み合わせやし、具を二種類、三種類一緒に口に入れても、ちゃんと馴染《なじ》む。おいイガ、えらい腕上げたな」

ストレートに褒められて、海里は大いに照れ、顔を赤くした。

「マジで？」

「おう。料理の才能あんで、お前。うちに来たときは、高野豆腐を普通に炊くこともできへんかったやないか。それをアレンジしてこない旨いもんを作れるとは、正直びびったわ。俺もうかうかしてられへんな」

「おっ。そろそろ夏神さんを超えちゃう？」

「アホか。そうそう簡単に超えられてたまるかっちゅうねん。尻尾《しっぽ》の先を摑《つか》まれたら嫌やなっちゅうくらいや」

ニヤッと笑って嘯《うそぶ》くと、夏神は丼を置き、背後に置いてあった紙袋を引き寄せた。

「そう言うたら、土産があんねん」

それを聞くと、ロイドは目をキラキラさせて身を乗り出した。

「岡山土産でございますか！　でしたら……前の主《あるじ》の大好物でした、ままかりでしょうか！　あるいは、今の季節でしたら、ぶどう……」

「は、まだ早いし、ままかりでもないねん。もっと言うたら、岡山土産でもないいんやけど。悪いな」

少し決まり悪そうにそう言いながら夏神が紙袋から引っ張り出した紙箱を見て、海里は歓声を上げた。

「あっ！　俺がこないだ欲しいって言ってたやつ！」

「せやせや。帰り、家電量販店に涼みがてら電池買いに寄ったんやけど、そんときに安売りしとってな。つい買《こ》うてもた」

そう言って夏神が卓袱台《ちゃぶだい》の空き場所に置いた箱を、海里はたちまち引ったくるように取り、胡座《あぐら》の上に載せた。ガサガサと蓋《ふた》を開け、中身を取り出す。

出てきたものを見て、ロイドもパッと顔を輝かせた。

それは、いかにも昔ながらのかき氷メーカーだったのである。プラスチック製の、両足を投げ出して座ったシロクマの意匠で、頭のてっぺんからハンドルが生えている。よく見るとなかなかシュールなデザインだが、あちこちでよく見かけるタイプのガジェットだ。

「やった！　これ、自分で買うのはなんかしょーもない気がして躊躇《ためら》うけど、実はずっと欲しかったんだよな」

「海里様、それが、好きなだけ氷をかいて食べられるという、夢の機械でございますか」

「そうそう。っていっても、準備は必要だけどな」

「準備？」

「ほら、この器。ここに水を入れて、ガチガチに凍らせないと……って、あ、そんなことない。これ、バラ氷でも作れるって書いてある」

「バラ氷とは？」

「冷凍庫で作るアレだよ。下の厨房《ちゅうぼう》に山ほどあんだろ。即作れるな。あ、けどシロップが……」

「あるで」

夏神は紙袋の中から、これまたクラシックな、いちご味のかき氷シロップのボトルを取り出す。

海里は文字どおりバンザイした。

「やった！　デザート、かき氷が食える」

「海里様、デザートといわず、今すぐ作ってみたいです！」

「だよな。よしっ、ロイド、氷を取りに行こうぜ！　マシンも水洗いしてやんなきゃな」

「はいっ、お供仕《つかまつ》ります！」

後生大事にかき氷メーカーを抱えた海里と共に、ロイドまでもが元気よく茶の間を飛び出していく。

「おーおー。昭和《しょうわ》の子供か。あんな安物でそない喜ばれたら、買うてきた甲斐《かい》はあるけど……」

せっかくのそぼろご飯が冷めてまうでー、と苦笑いで言いながら、夏神はそぼろご飯をモリモリと平らげ、「ホンマに旨《うま》いな。何や悔しいな」と独り言を漏らした……。

「では、参ります！」

「おう、頑張れ」

鷹揚《おうよう》に励ます海里の視線は、卓袱台の上に置かれたかき氷メーカーと、やはりきちんと正座したまま、緊張の面持ちでハンドルを握るロイドに注がれている。

ふうっと一息ついてから、ロイドは慎重にハンドルを回し始めた。

シャッ、シャッ、と刃が氷を削る軽やかな音がして、シロクマの腹の穴から氷がハラハラと落ちてくる。それは、下に置かれたガラスの浅い器に入り、たちまちふんわりした山を作った。

「おお、これは面白いものでございますな。最初こそ少しガタガタ致しましたが、今はもうするするとハンドルが回ります」

「おう、かき氷がどんどん積もっていく。面白いな。あ、そろそろそんなもんでいいんじゃないか？　まずはちょっとずつ食おうぜ。いちばん最初は、やっぱスポンサーに進呈だよな」

ロイドと同じくらい浮かれた顔で、海里は氷用の器を次のものに取り替える。

「俺は後でええで」

「何言ってんの、最初じゃなきゃ！　さ、どうぞ、スポンサー様」

器にこんもりあったかき氷は、シロップをかけるとたちまちしぼみ、ほんの三口分くらいになってしまう。

それを恭しく差し出してくる海里に苦笑いしながらも、夏神もそもそと正座に座り直し、「ほな、ありがたく頂戴《ちょうだい》しよか」と両手で器を捧《ささ》げ持つように受け取る。

「では、次は海里様の分、張り切って参ります！」

ロイドは元気よく宣言すると、猛烈な勢いでハンドルを回し始めた……。


それからしばらくの後。

夕食の後片付けをロイドに任せ、海里と夏神は、下の厨房で翌日の仕込みをしていた。

「夏神さん、肉じゃがの味どう？」

「お、どれどれ。んー、砂糖、あと小さじ半分くらい入れよか」

「おっけ。夏神さんの肉じゃがは、わりと甘いよな」

指示どおり、きび砂糖を小さじでざっくり量り、海里はそう言った。夏神はしめじを小さな房に解《ほぐ》し、ざるに並べながら、薄く笑って同意する。

「せやな。っちゅうか、関西の肉じゃがは、甘いめが多いん違うかな。お袋の味やな」

「牛肉には甘い味が合うのかな。すき焼きも、関西は割と甘いよね」

「砂糖と醤油で味つけしよるからな。割り下より、砂糖も肉も香ばしゅうなる」

「それそれ。俺、すき焼きは関西風が好き。あと、マジでこういう料理には、白砂糖よりきび砂糖が合うね。わざわざ砂糖を使い分けするなんてって思ってたけど、確かに味が違ってくる。こくがあるっていうか」

「せやな。俺はあんまし栄養学には詳しゅうないけど、精製してへん砂糖には、雑味があるやろ。それが料理に深みを与えてくれるん違うかと感じとるんや」

夏神は、茸《きのこ》を並べたざるにふんわり布巾《ふきん》を掛け、カウンター席の上に置いた。

こうも暑い日が続くと、「ばんめし屋」の客の中にも、箸《はし》がなかなか進まない人が増えてくる。特に、白飯を残す人が多い。

無理をして完食する必要はないが、少しでも美味《おい》しくたくさん食べられるようにと、夏神は、明日《あした》の白飯を、サービスで茸の炊き込みご飯に変更することにした。

その準備として、茸を室内で軽く乾燥させておくのである。そうすることで、出汁《だし》の染み込みがよくなり、風味も上がる。

「ちょっとした手間、しかもタダで味がようなるんや。俺らもお客さんもお得やろ」

さっき、夏神はそう言って笑っていた。

海里は、そんなノウハウを見て学びつつ、「雑味？」と問い返した。

「精製した白砂糖は、素材の邪魔にならん、スッキリした甘さがほしいときに使う。精製してへん砂糖は、色んなもんが混ざっとるっちゅうことやろ。それがたぶん、雑味になんねんな。肉じゃがみたいに強めの味をつけたいときには、雑味のある砂糖のほうが、奥深いっちゅうか幅広いっちゅうか、何や豊かな味になると思うねん」

「なるほどな。何となくわかる気がする。はー、旨そう。明日まで寝かせると、さらに旨くなるもんね」

「煮物は、冷める過程で味が入るからな。これだけやっとったら、明日の仕込みが楽になるで」

「その代わり、もっぺんシャワー浴びなきゃダメだけどな。……あっ」

屈託のない笑顔で喋《しゃべ》っていた海里は、小さな驚きの声を上げた。

次にエノキダケも同様に解してざるに散らそうとしていた夏神は、手を止め、海里のほうを見た。

海里は、整った顔に、微妙な不安の色を漂わせている。夏神がさりげなく視線を追ってみると、海里は店の入り口の引き戸を凝視していた。

「どないした？」

「……いや」

海里はハッとした様子で小さく首を振ったが、その顔から不安は消えていない。夏神は重ねて「どないしてん」と訊《たず》ねた。

すると海里は、ガスコンロの火を止めて鍋《なべ》に蓋をしてから、躊躇いがちにこう言った。

「いや、自意識過剰なのかな。最近、ふっと人の気配を感じることが時々あってさ。誰かに見られてるって感じがするんだ。ほんの一瞬なんだけどね」

「は？」

夏神は再度、入り口を見る。磨《す》りガラスの向こうに、人影は見えない。

それでも夏神は念のためカウンターから出て、引き戸を開けて外を覗《のぞ》いてみた。頭を引っ込めた彼は、引き戸に施錠して海里のほうを振り返る。

「外、誰もいてへんかったで？　人影、見えたんか？」

海里は曖昧《あいまい》に頷《うなず》いた。

「見えた、気がした」

「何やそれ」

「いや、だって、鍋の中身を見てたら、視界の端にチラッと過《よ》ぎった感じだからさ。ちゃんと見えたわけじゃないんだ。だけど、店の入り口に、誰か立ってた気がした」

「うわ、気持ち悪いこと言うなや」

豪胆に見えて、妙に気の小さいところもある夏神は、ブルッと小さく身震いした。

「ゴメン、いや、気のせいだと思うんだけどさ。ほら、芸能人時代はちょいちょいあったもんだから」

カウンターの中に引き返してきた夏神は、太い眉《まゆ》をひそめる。

「ああ、ゴシップ雑誌の記者とかか。張り込んで、スキャンダルの証拠写真を狙ったりするんやろ？　よう新聞の広告で見るわ」

「そうそう。そういう奴もいたし、ファンの中にもちょっと行き過ぎた感じの人がいてさ。ごく少数派なんだけど、俺の行きつけの店とか、下手すると自宅とかを知ろうとして、つけてくる人がいたんだよね。だから、人の気配にはどうも過敏になっちゃって。未《いま》だに治らないみたいだ」

「ほな、ホンマに誰かおったかもしれへんわけか？」

「いたかもしれない……けど、今の俺をストーキングしたって仕方がないし、ただの通行人の影が過ぎったんだと思う。うん、たぶんそう」

海里はそう言ったが、夏神はなおも心配そうに質問を増やす。

「せやったらええけど……いつから？　どのくらいの頻度や？　男か女か？」

「言ったって、一週間かそこらだよ。しかも、これで四度目とか、そのくらい。マジで姿を見たわけじゃないから。気のせいだと思う」

「ホンマか？」

「いや、確信はないけど、きっと大丈夫」

「……うーん」

「ホントだって。ごめん、なんか気持ち悪いこと言っちゃって。忘れてくれよ。それよか、実は俺、折り入ってお願いがあるんだけど」

「あ？　何や？　金はないで？」

海里は探るように夏神の顔を見ながら切り出した。

「お金じゃないよ。明日、仕込みが終わってからさ、午後十時とかそこいらまで休みを貰《もら》うって可能？」

夏神はスツールを出してきて腰を下ろし、海里の申し訳なさそうな顔を見上げて頷く。

「おう、別にかめへんけど、どないした？」

「いやさ、李英《りえい》がここんとこずっと、関西にいるだろ？　今は神戸《こうべ》にウィークリーマンションを借りてるんだけど、明日、演劇の舞台を見ませんかって誘ってくれたんだ。どうも関係者席に直前キャンセルが出て、チケットが二枚、回ってきたらしい」

海里はそう打ち明けた。李英というのは、海里が芸能人としてデビューするきっかけになったミュージカル舞台に共に出演していた、弟分の里中《さとなか》李英のことだ。

李英は先日、方針の違いで事務所を辞め、充電期間と言うことで、関西に長期滞在し、色々なアルバイトを経験して、役者としての勉強をしている。

夏神も李英と何度かここで会ったことがあるので、彼の素直な人柄を大いに気に入っているらしく、笑顔で相づちを打った。

「おお、ええやないか」

「いいんだけど、そんなわけだから、夜公演のチケしか取れなくて、それで」

口ごもる海里が皆まで言わないうちに、夏神はニッと笑って「ええで」と言った。

「ホントに？」

「お前はよう働いてくれるからな。そのくらいの休みは何でもあれへん。……せや、つけられてるとかそないなことを考えてしまうんも、疲れが溜《た》まってるせいかもしれへんで。時間なんぞ気にせんと、楽しゅう観劇して、里中君と晩飯食うて、好きなだけ喋ってこい。何やったら朝まで飲み明かしてきてもかめへんぞ」

「だけど、店」

「お前が来るまでは、ひとりでやっとった店や。どないでもなる」

そう請け合って夏神は分厚い胸をバンと叩《たた》いてみせたが、海里はなおも心配そうにこう言った。

「じゃあ、せめてロイドを置いていこうか？　あんまり俺と長く離れたら眼鏡に戻っちゃうけど、何時間かならきっと人の姿でい続けられるだろうし」

「せやけど、あいつも舞台が見たいやろ」

「見たがるとは思うけどさ、李英の話も聞いてやりたいから。新しい事務所がほぼ本決まりらしくて、これからの活動について、色々不安やら悩みやらあるんだと思う。そういうプライベートな話を、他人……いや、眼鏡だけど、やっぱ知らないうちに聞かれてるって、いい気持ちではないと思うんだよね。いや、あいつは知らなくても、俺が後ろめたい」

　それは納得できる話だったのだろう。夏神は何度か小さく頷いた。

「それはそやな。ほな、ロイドにはお前の分も働いてもらおか」

「くれぐれも火気厳禁で頼むな」

「それは重々承知や。あいつがおると、店の雰囲気が明るうなる。接客してくれると、えらいこと助かるわ」

　立ち上がり、「店のことは心配せんと、目いっぱい楽しんでこいや」と言うと、夏神は海里の肩をポンと叩いて二階へ上がっていく。

　厨房《ちゅうぼう》の片付けを海里に任せることで、明日、負い目を感じることなく外出できるようにという、ごくさりげない気遣いだ。

「ありがとな！」

そんな夏神の広い背中に感謝の言葉を投げかけ、海里は李英に承諾の返事をするべく、いそいそとスマートフォンを取りだした……。

＊　　＊

人でごった返す広い空間と、驚くほど高い天井。

床に敷き詰められた、毛足の長い赤絨毯《じゅうたん》。

物販の列を整理するスタッフの張り上げる声と、客たちのざわめき。

飛ぶように売れていくパンフレット。

女子トイレの前には、長蛇の列が出来ている。

劇場ロビーの片隅に立ち、海里は呆然《ぼうぜん》と辺りを見回した。

(開演前のロビーって、こんな感じなんだな。すげえ賑《にぎ》わってる)

これから始まる演目への期待からか、どの顔も晴れやかだ。驚くほど綺麗《きれい》に着飾った人々もいる。

きっと、劇場で芝居を観るというのは、海里が思っているより、ずっと「ハレ」のイベントなのだろう。

(自分が演者だった頃は、ロビーがどんな風かなんて、気にも留めなかった。俺たちの

舞台のときも、お客さんはみんな、こんな風に楽しそうだったのかな。ワクワクしながら待っててくれたのかな)

そんなことを考えると、胸の奥がチリッと疼《うず》く。

本当ならば、自分が身を置きたかったのはここではなく、今、最高に慌ただしい雰囲気であろう楽屋のほうだ。

そしてかつての彼が身を置いていたのも、実際、そこだった。

なのに今、彼は所在なげに、観客のひとりとして、ロビーの隅っこにぽつんと立っている。

(俺、ホントに一般人になっちゃったんだな)

今さら、そんな実感がじわじわとこみ上げてきて、海里は息苦しさに小さな咳払《せきばら》いをした。久しぶりにロイドではなく、ただの伊達眼鏡を高い鼻筋に載せる。

完璧《かんぺき》に濡《ぬ》れ衣《ぎぬ》なスキャンダルで芸能界を追われたとき、事務所の社長と李英を除いては、誰も海里のことを信じてはくれなかった。

それまで自分が仲間だと思っていた周囲の人たちが、潮が引くより早く遠ざかっていったとき、そして、自分が料理コーナーを持っていた朝の情報番組が、最初から「五十嵐カイリ」など存在しなかったように進行していくのを見たとき、海里は芸能界の冷たさ、そして芸能人としての自分がまったく無価値で、いくらでも代わりがいるという残酷な事実を思い知った。

正直、今は芸能界には何の未練もない。

未練があるとしたら、努力を怠り、日々の忙しさを言い訳にして夢を疎《おろそ》かにしたせいで、結局、入り口にも立つことができなかった、役者としてのキャリアだ。

皮肉なもので、芸能人でなくなってはじめて、海里は自分がいかに演じることが好きだったかに気がついた。

今、夏神のもとで料理修業を続けながらも、こうして劇場に足を運べば、どうしてもミュージカル俳優として過ごした青春の日々を思い出し、切なさに胸が締め付けられる。

つらい、苦しい、報われないと思っていた板の上での日々が、いかに幸運に恵まれた結果であったか。

それにもっと早く気付けていれば……と後悔するのは、これで何十回目だろう。

「お待たせしました！」

軽く息を弾ませて駆け寄ってきたのは、ミュージカル時代の後輩、里中李英だ。

テレビのバラエティ方面に舵《かじ》を切った海里と違い、こつこつ演技の修業を続けて来た彼は、今、新進気鋭の舞台俳優として、注目され始めている。

今は、事務所移籍のごたつきで休養を余儀なくされているが、活動を再開すれば、きっと大きく飛躍することだろう。

「関係者席なので、パンフレットがついてましたよ、はいどうぞ」

「ああ、サンキュ」

差し出されたパンフレットを受け取り、海里は李英に耳打ちした。

「お前、顔バレしてるんじゃね？　チラチラこっち見てる女の人たちがいるぞ」

「ええ？　むしろ先輩がバレてるんじゃ？」

そう言いつつも、珍しくキャップと眼鏡で軽く変装した李英は、さりげなく人混みに背を向ける。

今日は海里も、昔取った杵柄《きねづか》とばかりに、同じような変装をして来た。

東京の劇場ならば、客のほうも舞台を見に来た芸能人には慣れっこで、ある程度知らん顔をしていてくれる。

だが、関西ではそうはいかない。

もともと人懐っこい人が多い土地柄のせいもあるのか、気軽に声を掛けたり、無遠慮に触ってきたりする人が驚くほど多い印象がある。

街中ならともかく、劇場内で、単なる観客に過ぎない自分たちが注目を集めるのはどうにもまずい。

開演五分前のブザーが鳴ったこともあり、二人は人混みに紛れ、そそくさと客席へ向かった。

関係者席というのは、たいてい後ろのほうの、あまり目立たないエリアに設定されていることが多い。

今回も、二人に与えられたのは一階最後列近く、しかも音響機材ブースのすぐ後ろだった。舞台上はやや見えにくいが、他の客席からも見えにくい利点のある、いかにも芸能人向けの席である。

しかも数列前に、今日の舞台の主演女優の親友として知られる有名ミュージシャンがバンド仲間と共に座っていたので、観客の注目はもっぱらそこに集中しており、海里たちに気付いたのはほんの数名であると思われた。

その数名も、チラチラと視線を送る程度で、特にこちらへ向かって来る気配はない。

ようやくホッとして、海里は座席にゆったりと背中を預け、パンフレットを開くことができた。

今日の舞台は、去年、李英が出演した舞台で主演を務めていた女優が、ほぼひとりで演じる心理劇だ。

ナレーションを担当する俳優がひとりいるだけで、あとは、登場人物十二人を彼女がひとりで演じ分けるという、難易度の高い演劇である。

途中、休憩を挟むものの、二時間にもわたる舞台を五十代の女優が出ずっぱりで務めるのだから、演技スキルだけでなく、強靭《きょうじん》な肉体も要求される。

舞台を極めていきたいと願う李英にとってはまたとない勉強の機会であるし、海里にとっても、彼女は尊敬する女優のひとりで、その芝居を生で観られるというのは、たとえ今は一般人であっても心躍ることだ。

「すっげえな。十二人って、赤ん坊からヨボヨボの爺《じい》さんまで老若男女まんべんなくいるぞ」

パンフレットのページをめくりながら海里がそう言うと、李英も興奮を抑えきれない様子で盛んに頷《うなず》いた。

「ほんと、凄《すご》いですよね。僕、今日は敢《あ》えてお芝居の原作を読まずに来たんです。前情報を入れないほうが素直に驚いたり感動したりできそうな気がして」

「あっ、ごめん！」

それを聞いて、海里は慌ててパンフレットを閉じる。そんな海里の気遣いに、李英は笑って片手を振った。

「ああいえ、大丈夫です。先輩は見ていてください。僕が覗《のぞ》かなければいいだけの話なので」

「いや、やっぱ俺もやめとく。どうせなら新鮮な気持ちで、目いっぱい驚かせてもらいたいしな」

「はい。僕が板の上で絡ませてもらった彼女は『頼もしい海賊の頭領』でしたから、今日はいったいどんな顔を見せてくださるのか……。大先輩のワークショップみたいで、ホントにドキドキします。厚かましい夢だけど、僕もいつか、こんな立派な舞台をひとりで背負って立てるような役者になりたいです」

眼鏡で目元が一部隠されていても、李英の顔が明らかに紅潮しているのがわかる。

大人しくて控えめな李英だが、芝居について語るときは、溢《あふ》れ出る情熱を抑えきれないようだ。

(そうか、こいつにとっては、他人が出る舞台でも他人事《ひとごと》じゃないんだ。いつかは自分が立ちたい場所として見てるんだな)

同じミュージカルでデビューしておきながら、そして今も客席に並んで座っていながら、自分と李英はまったく違う場所に立っている。

ずっと自分の後をついてきていると思っていた李英は、今や、海里よりずっと先を走っているのだ。

それを痛感させられて、海里は苦い思いを嚙《か》みしめながら、パンフレットを足元のバッグに突っ込んだ。

自分の中にも埋《うず》み火のように残る、またいつか芝居がしたい、舞台に立ちたいという想いをここで軽々しく口に出すのは、ずっと地道な努力を続けて来た李英にあまりにも失礼だし、きっと酷《ひど》く薄っぺらく聞こえてしまうだろう。

(俺にとっては、あそこは限りなく遠い場所になっちまった。ミュージカルをやってた頃は、まるで庭みたいに思ってたのに)

中央にソファー、下手にアップライトピアノ、上手に蓄音機が置かれているだけの簡素な、今は薄闇の中に沈んでいる舞台を、海里は喜び、悲しみ、そして苦しみが混ざり合った、酷く複雑な気持ちで眺めた。

開演を知らせるブザーが鳴り、場内が徐々に暗くなっていく。

観客を劇中世界へ誘《いざな》う静かなピアノ曲を聴きながら、海里はそっと眼鏡を外し、膝《ひざ》の上に置いた……。

二章　忍び寄る影

「だからぁ！　僕は、舞台の仕事のことを『下積み』とか平気で言うマスコミが！　ホントに！　嫌いなんですっ！　舞台よりテレビが上だとか！　そんなの誰が決めたんですかね！」

夜道をひとり歩いていると、そんな李英の滅多《めった》に聞けない大声が甦《よみがえ》って、海里はクスリと笑った。

観劇を終えた後、海里と李英は、海里の義姉《あね》である奈津《なつ》が「美味《おい》しいわよ」と教えてくれたJR三ノ宮《さんのみや》駅に近い居酒屋、「さけやしろ」で夕食を摂《と》った。

夏神は朝までも飲んで構わないと言っていたが、この先の役者人生の糧にしようと、相変わらず色々なアルバイトに勤《いそ》しんでいる李英は、明日《あした》も朝から仕事が入っているらしい。

なんでも今はアジアン雑貨の店で働いていて、遠い国から来た見たこともないようなアイテムを把握することに四苦八苦しているそうだ。

「どこの店でも、正社員にならないかって誘われて、困っちゃいます」と、李英はむしろ嬉《うれ》しそうに笑っていた。

真面目で素直な李英なので、どんな経営者であっても手元に置きたくなるのは当然だろうし、彼もまた、初めて経験する異業種の仕事を心から楽しんでいるのがわかる。

そんなわけで、軽く飲み食いして翌日に響かないよう早めに解散するべく、海里は敢えて午後十一時ラストオーダーの店を選んだ。

酒に強い奈津の勧める店、しかも有名日本料理店がプロデュースしているだけあって、暖色の照明と木製の家具が印象的なシックな店内には、驚くほど大きなガラス張りのセラーがあり、様々な種類の日本酒が揃えられていた。

ボトルのサイズも大小あり、女性ひとりでふらりと来ても、大勢の仲間と来ても、気持ちよく酒が飲めそうな雰囲気だ。

立ち飲み席やカウンター席もあるが、海里たちは首尾良く、賑《にぎ》わう店内でも落ち着いて話ができるテーブル席に着くことができた。

海里も李英も日本酒にはあまり詳しくないのだが、せっかくだからと、店員が勧めてくれる地元灘五郷《なだごごう》の酒をグラスで注文してみることにした。

料理も、居酒屋というより日本料理店のように盛り付けが美しく、凝ったものが出てくる。それでいて値段がリーズナブルなので、海里の兄夫婦が足繁く通うのも納得である。

お勧めの新鮮な刺身、出汁《だし》をたっぷり含んでぼってりしただし巻き、驚くほど柔らかい蛸《たこ》の煮付けや、生からじっくり焼いてくれる穴子などを食べ、さっき見た芝居の素晴らしさや、李英の再始動後の展望などを語り合い、李英が東京へ戻る前に必ずもう一度会おうと約束して別れて、海里はJR芦屋駅に戻ってきた。

食事をするまでは、さっさと帰って店の仕事をやらねばと思っていたのだが、飲み慣れない日本酒のせいか、さほど量をこなしたわけでもないのに、思ったより酔いが回ったようだ。

電車の中でたっぷり水を飲んだにもかかわらず、まだ頬が熱いし、少し足元がふわふわする感覚が残っている。

(どうしようかな。酔っ払って接客したり包丁持ったりするわけにいかないし。店に誰もいなかったら、夏神さんに謝ってシャワー浴びさせてもらえば何とかなると思うけど、店にお客さんがいたら、従業員が営業時間にあからさまに飲んで帰ってきたの、見せちゃうからヤバイよな)

たとえ裏口からこっそり入ったとしても、二階へ上がる階段は店から丸見えなので、目敏《めざと》い客には気付かれてしまうだろう。

さてどうしたものかと思案しても、夜どおし開いている店に事欠かない東京と違い、芦屋ではたいていの店は日付が変わる前に営業を終えてしまう。

酔いが醒《さ》めるまで時間を潰《つぶ》せるような店を思いつけず、海里は仕方なく、駅前で新しいペットボトル入りの水を買い、飲みながら歩いて店に戻ることにした。

ゆっくり歩けば二十分くらいは稼げるし、その間にさらに酔いを醒ませば、どうにか客の目をごまかせる程度には平静に戻れるだろう。

そう期待して、夜道を歩き出す。

国道二号線に向かうやや細い道は、ほぼ真っ暗だった。疎《まば》らな街灯はあるものの、両脇に並ぶ家の灯《あか》りがどこも消えているので、余計に暗く感じられる。

人通りもほとんどなく、東京の「眠らない街」ぶりに慣れきった海里には、少々心細い。

芦屋のメインストリートといってもいい国道二号線に至ると、さすがに多少は明るく、人影はほとんどなくても、車の行き来はそれなりに多かった。

ベタベタと物件情報を張り出した不動産業者のオフィスを見ながら歩き、興味はあるが、一度も入ったことのない自転車専門店の看板を眺めながら行き過ぎ、営業中はガラス越しに美味《おい》しそうなパンがたくさん見える「ビゴの店」の前を通り過ぎ、少し歩いたところで、海里は足を止めた。

目の前には、横断歩道がある。たった今、赤信号になったばかりだ。

店に帰るためには、どこかで国道二号線を横断しなくてはならないし、少しばかり歩き疲れた。しばし足を休めるにはちょうどいいタイミングだと海里は思った。

とにかく蒸し暑くて、体力が削られる。

夜になっても、さほど気温は下がっていないようだ。

のんびり歩いているにもかかわらず、Tシャツが汗を吸い、肌に張り付くようで気持ちが悪い。湿度が高いので、汗がちっとも蒸発しないのだろう。酔いのせいで、余計に体内に熱がこもっている感じがする。

「あっちぃ。……たまんねえな。早く秋になるといいのに」

小声でぼやいた海里は、しかし次の瞬間、大きく身震いした。

何故か、酷《ひど》い悪寒がしたのだ。

背後に誰かが立っているような気がして、バッと振り返る。

しかし、無論人の姿などないし、そこにあるのは「社団法人 芦屋納税協会」という大きな看板を掲げた建物だ。日付が変わった遅い時分に誰かが中にいるとは思えないし、灯りもすっかり消えてしまっている。

(この感じ……)

その悪寒は、この一週間ほどの間に何度か経験した、例の「誰かに見られているような気配」のうちでももっとも鮮明で、海里は軽い恐怖を覚えた。

とはいえ、悲鳴を上げて逃げ出すほどではないし、実際、そこに誰もいない以上、アクションの起こしようもない。

(やっぱ気のせいだ。夏神さんが言うみたいに、ちょっと夏バテ気味なのかもしれねえな、俺)

そう考え、気を紛らわせようと観劇で凝った肩を揉《も》みほぐしながら、海里は行き交う自動車を眺め、信号が変わるのを待った。

「お？　何だ、あれ」

ちょうど西のほう、つまり海里が立っている側の車線の向こうから、恐ろしく華やかな電飾を施した大型トラックが走ってくる。いわゆる、デコトラやアートトラックと呼ばれるものだろう。

点滅するカラフルな電飾は、まるで走るクリスマスツリーのようだ。物珍しさに海里は半歩前に足を出し、歩道の縁石につま先をかけてよく見ようとした。

大型トラックは、国道二号線より南側を走る国道四十三号線を走行することが多いのだが、もしかすると二号線沿いに目的地があるのかもしれない。

（すげえ数の電球だな。そういや、ああいう電飾の電源って、どこから取ってるんだろ。やっぱ、バッテリーなのかな。ＬＥＤなら、そう電気を食わないのかも）

そんなことを考えながら、大型トラックが近づいてくるのをぼんやり見ていた海里は、再び背筋にゾクゾクッと悪寒が走るのを感じた。

『シ　ネ』

そんな嗄《しわが》れた声が、耳元で聞こえたような気がした。

だが、声の主を確かめる間もなく、何者かに後ろから思いきり突き飛ばされる。

「うわッ!?」

一瞬、視界を長い黒髪が掠《かす》めた、かもしれない。

気付けば海里は、生温かいアスファルトの上に這《は》いつくばっていた。

「……ってぇ」

咄嗟《とっさ》についた手のひらが擦り剝《む》け、強打した両膝《りょうひざ》が痛い。

普段ならこうなる前に体勢を立て直せたのだろうが、酔いが残っているせいで、脚の踏ん張りがきかなかったのだ。

急に姿勢が変わったせいで、頭がグラグラする。

「うー……ッ!?」

軽い吐き気を覚えて呻《うめ》いた海里は、耳をつんざくようなクラクションの音に、ギョッとして顔を上げた。

その視界が、すぐ目前まで迫ったトラックの電飾の光で埋め尽くされる。

(ヤバ……!)

車道に倒れ込んでしまったのだと気付いたときには、もう遅い。

いつもほど敏捷《びんしょう》に動けない上、パニックに陥っているせいもあって、手足がもつれ、断末魔のセミのようにもがくばかりだ。

トラックは海里に気付いて急ブレーキを踏んだようだが、深夜なのをいいことにかなりスピードを出していたらしく、すぐには停止できそうにない。

(あ、ダメだ。こりゃ死ぬわ、俺)

死の直前は、これまでのことが走馬灯《そうま》のように脳裏を過《よ》ぎるとか、すべてがスローモーションになるとかいうのは、意外と本当かもしれない。

さすがに思い出を総まくりするほどの余裕はないものの、自分の死を確信する時間があるのが、何とも滑稽《こっけい》だ。

鳴らし続けられるクラクションの大音量が脳を掻《か》き回し、余計に頭がボンヤリする。

（週刊誌とか、まだ載っちゃうかな。あー、また兄ちゃんに迷惑かけるな。夏神さんにも）

そんな諦《あきら》めと共に、海里は目をつぶり、せめて一瞬で死ねますようにと祈ろうとした。

だが、Tシャツの襟がグッと首に食い込んだと思うと、今度は後ろ向きに頭がぐわっと振られる。

ゴッ、という重い音と共に後頭部に衝撃があり、とんでもない眩暈《めまい》に襲われて目を開けられない海里の鼓膜が、トラックの走行音とクラクションの音に限界まで震えた。

しかし、いつになっても意識は途切れず、自分の身体がぺちゃんこにされた感覚も訪れない。

（あれ……？　俺、轢《ひ》かれなかったのか……？）

自分が生きていること、仰向《あおむ》けに地面に倒れていることに気付くのとほぼ同時に、Tシャツの胸元を誰かに摑《つか》まれて上体を引き起こされ、恐ろしく乱暴にガクガクと頭を揺さぶられる。

「う……うぇ」

吐きそうになりながらもうっすら目を開けた海里が見たものは、鬼気迫る表情をした男の顔だった。

その端整な顔には、見覚えがある。

兄、一憲《かずのり》の親友で、今は芦屋警察署に勤務する刑事、仁木涼彦《にきすずひこ》だ。

「に、き、さ……」

「てめえ！」

涼彦は、両手で海里の胸ぐらを掴んだまま、至近距離で嚙《か》みつくように怒鳴った。

「よくも俺の目の前で自殺なんぞ図ってくれたな！　ぶっ殺すぞ！」

刑事の言葉としては物騒すぎる上にかなり論理が破綻《はたん》しているのだが、普段は冷静な涼彦も相当に動揺しているらしく、それに気付く余裕がないようだ。

「ち、ちが……」

「何が違う！　声をかけようとした俺の目の前で、他でもないお前が車道に飛び出したんだろうが！」

「う、うう」

アルコールと恐怖のせいで全内臓がひっくり返りそうで、上手《うま》く言葉が出てこない。

海里は必死で忙《せわ》しい呼吸をしながら、Ｔシャツを握り締める涼彦の拳《こぶし》にそろそろと触れた。

関節が白くなるほど力のこもった涼彦の手の甲を軽く叩《たた》き、どうにか落ちついてもらおうとしながら、海里は掠れた声を絞り出す。

「ギブ」

「ああ⁉」

「せつめい、するから……みせ、つれてって」

「説明ってお前」

「死ぬ気は、ゼロ、だから」

本当は立ち上がって自分の足で歩きたいのだが、あまりのことに腰が抜けてしまったようだ。どうにも全身に力が入らない。

そんな海里の情けない様子に、ほんの少し気持ちを落ち着けたらしい。涼彦は、ようやく両手から力を抜き、海里の背中を支え起こした。

「……何だかわからんが、とにかく、ここにいても仕方がない。店に放り込んでやるが、事情はみっちり聞くからな？」

まだ怒りが漲《みなぎ》った涼彦の声が頭にガンガン響く。それ以上は上手く言葉が出てこない海里はただ小刻みに何度も頷《うなず》き、承諾の意を伝える。

「ったく。俺の寿命が何年縮まったと思ってやがる」

特大の舌打ちをして、まだ憤懣《ふんまん》やるかたない顔のままの涼彦は、グンニャリした海里の身体を乱暴に担ぎ上げた……。

「よっしゃ、これで終わりやな」

海里の両の手のひらに大判の絆創膏《ばんそうこう》を貼り付け、夏神はふうっと溜《た》め息をついた。

「……サンキュ」

まだ弱々しいが、さっきよりはずっとしっかりした声で、椅子に腰掛けた海里は夏神に礼を言う。

夏神は渋い顔で、「礼やったら仁木さんに言えや」と顎《あご》をしゃくった。海里も、素直に涼彦に頭を下げる。

「勿論《もちろん》、仁木さんは俺の命の恩人だし。百遍ありがとうって言っても足りないよ」

「まったくだ。これからは、俺の顔を見るたびに賽銭《さいせん》を払え」

カウンター席に陣取り、ぶっきらぼうにそう返す涼彦の肘《ひじ》にも、絆創膏が貼られている。道路に倒れている海里を間一髪で歩道に引っ張り上げた際、自分もバランスを崩して転倒し、擦り剝いたらしい。

改めて見ると、涼彦はいつものスーツ姿ではなく、珍しくTシャツとカーゴパンツという軽装だった。

それに気付いた海里のもの言いたげな視線に気付いたようで、涼彦はまだ怒り顔のまま、それでも律儀に説明した。

「非番だから、バーで飲んでたんだ。だが、どうにも腹が減ってきて、こんな真夜中でもちゃんとした飯が食える『ばんめし屋』を目指して歩いていたら、お前がいて……声をかけようとしたら、いきなり車道に這いつくばりやがった」

「いや、だから好きで這いつくばったんじゃないんだって！」

「自分から這いつくばっただろうが！　しかもまさにトラックが来るってタイミングで」

「それは結果！」

「何の結果だよ！」

「まあまあ」

剣呑《けんのん》な二人の言い合いに割って入った夏神は、カウンターの中に戻りながらこう言った。

「お客さんがおらんときでよかったですけど、仁木さんがイガを担いで入ってきはったときは、何ごとかと思いました。けど、ホンマにありがとうございます。今日はもう、閉店の札掛けたんで、何ぞ食いながらイガの話を聞いたってください。今、用意しますから」

たまに来る泥酔した客や、筋の悪い客のあしらいにも慣れっこの夏神だ。口調は丁寧だが、太い声には、刑事の涼彦であっても鼻白むような圧がある。

「む……。けども、そんな気分じゃ」

気圧《けお》されながらも不機嫌に言い返す涼彦の腹が、絶妙のタイミングでぐーっと鳴った。

己の内臓に反論されて、涼彦は決まり悪そうに咳払《せきばら》いしてから言い直す。

「いえ。じゃあ……いただきます」

「ほい。ほなイガ、もう話せるやろ？　俺らにもちゃんと聞かしてくれ。何があったんや？」

グッタリ椅子にもたれかかったままながら、ようやくパニックが治まった海里は、痛む手のひらの擦り傷を無意識に撫《な》でつつ口を開いた。

やや酔って帰ってきたこと、再び誰かの気配を感じたこと、背後から突然突き飛ばされたこと……。

厳しい面持ちで話を聞いていた涼彦は、「おい」と再び声を尖《とが》らせ、カウンターを拳で叩いた。

「お前、そんなお安い怪談みたいな話で、お茶を濁すつもりかよ。刑事舐《な》めんな。俺は見てたんだぞ。あの場所には、お前しかいなかった。お前が自分で倒れたんだ！」

取り調べさながらの刺々《とげとげ》しい語調に、海里もムッとした様子で言い返す。

「お安い怪談に聞こえるかもしれないけど、マジなんだって！　耳元で、『死ね』って聞こえたような気がするし、なんか長い髪の毛っぽいものが見えた気がするし」

「どっちも『気がする』じゃ、話にならねえ。そもそもそりゃ、酔っ払ってたせいだろが。つまり、気のせいだ。死ぬ気がなかったってのは、百歩譲って信じてやってもいい。けど、道に倒れたのは酔ってたせいだな？」

「違う！　そこまで酔ってないって！」

「自覚症状が信用できるか」

「ホントだよ！　何なら李英にも聞いてくれよ。確かにちょっと足元はふわっとしてたけど、駅からちゃんと歩けてたんだからさ！　仁木さんだって、見てたんならわかるだろ？　俺、千鳥足だった⁉」

「そこまでじゃねえが、酔っ払いの言うことなんざ、これっぽっちも信用できん！」

「……どうぞ」

凄《すご》い勢いで畳みかける涼彦の前に、夏神はボソリと一声かけて、小鉢を置いた。

定食の副菜である、水菜となめこの煮浸しだ。静かなアクションだったが、それは激した涼彦を少しクールダウンさせるには十分だったようだ。

涼彦は口をつぐみ、もの言いたげに夏神の顔を見上げる。

「誓って嘘は言うてへんねんな、イガ？」

夏神に重々しく問いかけられ、海里は憤然としたまま頷いた。

頷き返し、夏神は涼彦にカウンター越しに向かい合う。

「仁木さん、こいつは自分可愛さで、命の恩人に嘘をつくような男やないです。それは、雇い主の俺が保証します。ホンマにそうやったかどうかはわからへんまでも、突き飛ばされたように感じたっちゅうんは、ホンマやと思います」

「……むむ」

「それに、昨日もイガは、誰かの気配を感じるって言うてたんです。この一週間ほどで何度か、そういう気配を感じたと言うてました」

日頃、生活安全課でストーカー事件を多く担当しているだけに、その言葉に涼彦はピクリと眉《まゆ》を動かした。彼は身体ごと海里に向き直り、鋭い目で問いかける。

「本当か？　そりゃ……その、お前をストーキングしてる奴がいるってことか？」

海里は曖昧《あいまい》に首を捻《ひね》る。

「わかんねえ。姿を見たことはないんだ。ただ、誰かの視線や気配を感じるとか、その程度。声を聞いた、髪を見たって思ったのは、さっきが初めてだよ。だから……その、それについては、気のせいだろって言われても反論できない。まだ酔ってはいたし。だけど、突き飛ばされたのはガチだよ。すっげー勢いでぶっ飛ばされたもん、俺。自力であんな倒れ方、できないって」

「……確かに、こっちが仰天するほど思い切りよく飛び出しやがったと思ったが」

「とはいえ、確かにあの場には、お前以外誰も……」

「でしょ？」

「いたのです」

静かに、しかし断固とした口調で言葉を挟んだのは、海里が担ぎ込まれてから、珍しく一言も発せず控えていたロイドだった。

いつもは笑みを絶やさないその彫りの深い顔が、今は酷《ひど》く強張《こわば》っている。彼もまた、海里が命の危機に陥ったことに、大きなショックを受けているようだ。

「海里様が、誰かの気配を感じておられたというお話、わたしは伺っておりませんでしたし、特に気付いてもおりませんでした。その……海里様は見目麗しくていらっしゃるので、街中でご一緒しておりますと、道行く方から賞賛の視線を向けられることは珍しくないものでございますからね」

さりげない主《あるじ》自慢に、夏神はチラと苦笑いしたものの、すぐに真顔に戻って先を促す。

「せやけどお前、今夜はイガと一緒におらんかったやろ。ずっと俺とおったのに、なんでそないに確信を持って言えるねん？」

「それは……」

壁にもたれて立っていたロイドは、海里に歩み寄り、まだ埃《ほこり》だらけの海里の背中に触れた。

「何かよからぬ気配が残っています。ここに」

それを聞いて、海里は再び身を震わせた。

「そういや、突き飛ばされたとき、背中が一瞬、すっげー冷たいものに触られた感じがした。冷たいっていうか、痛いくらいの」

「それでございますよ。まさに『気』のせいでございます」

ロイドは言葉少なに応じる。

涼彦はまだ、ロイドの正体が眼鏡であることを知らない。ゆえに、詳細を語ることは避けたのだろう。

だが、彼の表情と声の調子から、海里の背中を押したのがこの世のものならぬ存在であることは、夏神と海里にはすぐさま伝わった。だとすると、これ以上、涼彦の前で話を続けるわけにはいかない。

「マジかよ……」

海里は呆然《ぼうぜん》と呟《つぶや》き、二人のやり取りの意味がわからない涼彦は、顰《しか》めっ面で二人の顔を交互に見る。

「おい、何の話だよ？　結局、誰かいたのか？　気のせいなのか？」

「気のせいと申し上げました。とはいえ、海里様は決して自殺などなさいません。先刻のことは、不幸な事故だったのでしょう。仁木様が海里様の命を救ってくださったこと、感謝に堪えません」

丁寧な言葉とは裏腹の切り口上でそう言うと、ロイドはふいっとカウンターの中に入っていってしまう。

明らかにそれ以上何も言いたくないという気配を発するロイドに閉口したらしき涼彦は、海里の顔を見る。

「おい……」

「うん、ロイドの言うとおり、気のせいだわ」

「は⁉」

「気のせい。俺、やっぱ多少は酔ってたんだと思う。ホントに迷惑かけてすいませんでした。以後、マジで気をつけます」

海里もロイドに話を合わせ、涼彦に深々と頭を下げた。

ついさっきまで、そこまで酔っていないと言い張っていた海里の突然の豹変《ひょうへん》ぶりに、さすがの涼彦も呆気《あっけ》にとられる。

「お前、だってさっきまであんなに……。待てよ。もしかしてお前、俺がこのことを一憲にチクるとでも思ったのか？」

「………………」

さすがに命の危機に晒《さら》されたとき、兄の叱責《しっせき》が怖いなどということは微塵《みじん》も考えなかった海里だが、涼彦のその誤解は、この場合、むしろ都合がいい。

海里の微妙な沈黙を肯定と理解したのか、涼彦はようやく腑《ふ》に落ちたといった様子で苦笑いした。

「馬鹿野郎、俺はそんなケチくさいことはしねえよ。ってか、せっかくお前を信用してくれたマスターに、恥を掻《か》かせるような真似をすんじゃねえ」

「う……」

「誰だって、酒でやらかすことはある。お前くらいの年代じゃ、特にな。けど、お前がくだらないことで命を落とせば、悲しむのは一憲だ。俺は、あいつの泣き顔なんて見たくねえ。わかるな？」

「わかります」

背筋を伸ばし、従順に頷《うなず》く海里に、涼彦はいつもの冷静さを取り戻し、こう言った。

「飲んだ帰りは、ヤバイと思ったらタクシーを使え。歩くなら、道の真ん中を歩け。今夜、お前が死なずに済んだのは、ただの幸運だ。それを忘れんなよ」

「はいっ」

「わたしがきちんと監督致します」

海里はいい返事をし、ロイドも言葉を添える。

「ほんまに、ありがとうございました。……イガ、上で風呂《ふろ》入ってこい。埃だらけで、食いもん出す空間におるんやない。ロイド、イガが風呂に沈まんよう、見張っとけ」

この話はこれまでと言わんばかりに、夏神は涼彦の前に肉じゃがの鉢と、きのこの炊き込みご飯、それにアオサの味噌汁《みそしる》を並べ、海里にさりげなくこの場から去るよう促す。

夏神の助け船に視線で感謝しつつ、海里はそろりと立ち上がり、まだ涼彦の厳しい視線を感じながら、逃げるように階段へ向かった。


「いたたた」

服を脱ぎ、身体に湯を掛けると、さっきの災難であちこちに出来た小さな擦り傷が滲《し》みて痛む。

思わず小さな悲鳴を上げた海里に、本当に狭い脱衣所に正座して浴室内を見張っているロイドは、ツケツケと恨み言を言った。

「わたしを置いてお出掛けになったりするから、このようなことになるのです！」

海里を睨《にら》むロイドの顔には、怒りと心配の色が滲《にじ》んでいる。

「置いてったのは、悪かったって」

「本当に悪うございますよ。それに、怪しい気配のことも、打ち明けてくださらなかったとは情けない」

「いや、それもさ。夏神さんに昨夜《ゆうべ》打ち明けたのは、たまさか二人でいるとき、店の入り口あたりに気配を感じた気がしたからってだけのことだよ。特にお前に内緒にしようと思ってたわけじゃないんだ。わざわざ人に言うようなことでもないと思ったしさ」

海里は浴室内の椅子に腰掛け、洗面器を膝《ひざ》に載せた間抜けな姿勢で弁解する。ロイドのほうは、まだ眦《まなじり》を吊《つ》り上げたままで言い返した。

「わざわざ人に言うようなことでもない？　誰かに付け狙われているというのに⁉」

「誰かに付け狙われてるって……その誰かって、さっき仁木さんがいるから突っ込んだ話ができなかったけど、つまり……幽霊的なもの？」

薄気味悪そうに小声で訊《たず》ねる海里に、ロイドもまた抑えた声で答えた。

「幽霊とは限りませんが、とにかく霊的なものです。生き霊、幽霊、その他何かはわかりませんが、少なくとも人、あるいは人であったもの、です」

「そこはハッキリわかるんだ？」

「わかりますとも。……背中に目がついていないというのは、つくづく不便なものでございますね。せっかく服を脱いでおいでなのですから、ご覧になっては如何《いかが》です？」

「ん？」

洗い場の鏡を指さされ、海里は首を捻《ひね》りながらも、浴室内の湯気で曇った鏡に、洗面器で湯を掛けた。

それから鏡に背を向けて座り直し、思いきり振り向いて、鏡に映った自分の背中を見ようとする。

「おい……嘘だろ」

湯気と熱気が立ちこめる浴室の中で、海里の顔からすうっと血の気が引いていく。

鏡に映った海里の背中には、くっきりと二つ横並びに、赤紫色のアザが出来ていた。

しかもそのアザは二つとも、見事な手のひらの形だ。伸ばして広げた五本のすらりとした指、それに小さめの手のひらが、くっきりと肌から浮かび上がって見える。

小さめといっても子供サイズではない。立派な大人の手のひらだ。

「一目瞭然《りょうぜん》でございましょう？」

一方ロイドは、分からず屋の子供を諭す教師のような口調でサラリと言った。

「これ、手だよな。つまり俺、マジで幽霊的なものに思いっきり突き飛ばされて、殺されかけたってことか」

海里は右手を背中に回し、こわごわアザに触れてみた。

痛みはない。だが、何度も湯を被《かぶ》ったというのに、アザの部位だけはまだ酷《ひど》く冷たかった。

「怖いくらい冷たい」

「その冷たさが、触れた方の心が凍り付いている証拠、すなわち恨みの深さでございますよ。いったい、どこのどなたにそんなに激しい恨みをお買いになったのです？」

心配を通り越し、もはや呆《あき》れた様子で問いかけてくるロイドに、海里は背中のアザを凝視したまま、「いや、知らねえし」と力なく答えた……。

「ほな、イガは、幽霊か生き霊か、とにかく誰かに滅茶苦茶《めちゃくちゃ》恨まれて、つきまとわれて、殺されかかったっちゅうわけか？」

涼彦が帰ってから、二階の茶の間で海里の背中のアザを見せられた夏神は、驚きを露《あら》わにした。

「しかも、幽霊だけやのうて、生き霊の可能性もあるて。生き霊っちゅうんはこう、幽体離脱みたいなことか？」

夏神の疑問に、海里の傍らに座ったロイドは、神妙な面持ちで頷く。

「さようでございます。強すぎる怨念《おんねん》が、生き霊となり、眠っている間に身体を離れて恨みを晴らしに行く。『源氏《げんじ》物語』にも、そのように解釈できるくだりがございました。六条御息所《ろくじょうのみやすどころ》、ご存じでしょう？　まああの方は、死霊になってなお恨み言を仰せだったようですが」

「いや、それは知らんけど。とにかく、そういう可能性もあるっちゅうことか。えらいこっちゃな、イガ。心当たりは、ホンマにないのんか?」

いったん脱いだTシャツを再び着直し、畳の上に胡座《あぐら》をかいた海里は、困り果てた様子で頭を掻く。

「ないよ。っつってもこう、世の中には思い込みの激し過ぎる人ってのが一定数いるのは知ってるし、そういう人とトラブルになった芸能人は、いくらでもいる」

夏神も困り顔で腕組みした。そうすると、Tシャツの下で、太い二の腕に見事な筋肉が盛り上がる。

「つまり、芸能人時代のお前のファンが、何らかの理由でお前を恨んでここまで来てしもたっちゅう可能性もあるわけか。しかも、生きてるんか死んでるんかわからん感じで」

「滅茶苦茶怖いんですけど」

「そら、怖いやろな。聞いとる俺も怖いわ。これまで店に来てくれたお前のファンは、みんなええ人らやったからなあ……。っちゅうかイガ、お前ほんまに、殺されるほど悪いことはしてへんねんな?」

念を押されて、海里は深く頷いてみせた。

「あったりまえだろ! 俺、チャラチャラしてはいたけど、恨み殺されるような悪事を働いた覚えはないよ。……ただ」

「ただ?」

「応援してくれてた人たちを、濡《ぬ》れ衣《ぎぬ》とはいえ、いちばん駄目な形で裏切ったってことになってるからさ。そのことを死ぬ程怒ってる人は、いるかもしれない」

「……あー……」

夏神とロイドの声が、見事に重なる。

夏神は、力なく首を振った。

「芸能人っちゅうんは、大変な稼業やなあ。わけのわからん恨みを買《こ》うとる可能性は、否定しきれんわけか」

「そうなんだよなあ」

海里もしょんぼり同意する。

そんな二人をよそに、ロイドはいっそう勢い込んでこう言った。

「とにかく！　海里様のお命を狙う誰かを捕まえて、事情を問い質《ただ》すより他にありますまい。よろしいですか、海里様。今後は、わたしをお傍から離さぬように願います。わたしが、しっかりとお守り致しますから」

海里は、そんな頼もしい僕《しもべ》の言葉に強張《こわば》った笑みを浮かべ、いつもの彼らしく茶化そうとする。

「それは嬉《うれ》しいけど、守るっていっても、お前、俺よりずっとジジイなんだろ？　無理だよ」

「ジジイでも、必ずお守り致します。セルロイドにかけて！」

正座したロイドは、両の膝頭《ひざがしら》をギュッと握り締め、決然と宣言する。本人は大真面目だが、まるで時代劇で若殿を守ろうとする爺《じい》やのような趣で、どうにも滑稽《こっけい》な姿だ。

「いや、かけるもんがおかしいだろ、それ」

海里は思わず小さく吹き出した。夏神もいかつい顔を緩め、それでもこう言った。

「いや、せやけどロイドの言うとおりや。これぱっかりは、警察ではどないもならんし、俺も霊感がしょぼいから頼りにならん。ここはひとつ、有能な霊センサーっちゅう意味でも、ロイドにしっかり見守ってもらえ。ええな、イガ」

雇い主であり、師匠でもある夏神に強く言われては、逆らうわけにはいかない。それに実際、ショックが引き、自分がどんな目に遭ったかを冷静に受け止められるようになってみると、改めて恐怖がジワジワと胸に迫ってくる。ひとりでいたくないというのが、正直なところだ。

「わかった。……じゃあ、実際に戦わなくていいから、ヤバイ奴が近づいてきたら教えてくれよ、ロイド。全力で逃げるから」

「……はい、心して」

敢《あ》えて軽い調子で頼む海里に、ロイドは強い決意を全身に漲《みなぎ》らせ、頭がもげるほど深く頷《うなず》いたのだった。

＊　　＊

　それから四日間は、何ごともなく過ぎた。

　ロイドは宣言どおりに海里の傍をかたときも離れなかったし、夏神も、極力、海里をひとりで外に出さないよう気をつけているようだった。

　そんな二人の気遣いをありがたく思いつつも、喉元《のどもと》過ぎれば熱さを忘れるとはよく言ったもので、海里はほんの少し、そうした「監視下」に置かれた生活を窮屈に思い始めてもいた。

　あれきり何も起こらないし、人の気配を感じることもない。

　あるいは本当に涼彦が言うように、「酔いがもたらした気のせい」だったのかもしれないとさえ感じる。

　背中のアザのことはそれでは説明がつかないが、何かのはずみで出来た軽い打ち身が、偶然、手のひらの形だったのかもしれない。

　アザは二日ほどで跡形なく消えてしまったので、ますます気のせいだと思いたい気持ちが強まった。

　怖い怖いと思っていると、柳の枝が揺れただけで飛び上がり、壁紙の滲《し》みが人の顔に見えて怯《おび》えたりするものだ。

　怖くないと思っていれば、怖くない。

　芸能人生活で、変なところが鈍感になってしまった海里は、一連のことを「気のせい」と「酔いのせい」という二言で片付けようとしていた。

だが、五日目。土曜日の夜のことだ。

夏神は、ボルダリング仲間との定例飲み会で、家を空けていた。

海里とロイドは茶の間でテレビを見ていたが、ふと立っていって冷蔵庫を開けた海里は、「あれ」と小さな声を上げた。

忠実な犬とその飼い主の感動的なドラマに見入っていたロイドは、ハンカチで涙を拭《ふ》き拭き、海里に声を掛けた。

「どうなさいました？」

「買い置きのチューハイ、もうちょっとあると思ってたのに、ないわ。ちょい買ってくる」

「ご一緒致します！」

ロイドもすぐに立ち上がる。

「いや、いいって。川向こうのローソン行くだけだから、すぐ戻る」

「いいえ、断じておひとりには致しません。参ります」

そう言い張って、ロイドは壁際に置いてあった海里のバッグから、勝手に財布を取り出す。

海里はやはりありがた迷惑そうな顔をしつつも、ロイドの差し出す財布を受け取り、軽く顎《あご》をしゃくった。

「へいへい。ほんじゃ行きますか。ついでに、あてになりそうなもんも買おうぜ」

「それには大賛成です」

そこで二人は、連れ立って家を出た。

阪神芦屋駅周辺には、意外とコンビニエンスストアが少ない。

芦屋川沿いに南下、あるいは北上するか、川を渡って向こう岸へ向かうか、ルートは大まかに三通りだ。

海里がよく行くコンビニエンスストアは、川を渡ってしばらく歩き、グラウンドのある角を北上した場所にある。そこは、彼のお気に入りのチューハイを常備してくれているありがたい店なのだ。

終電まではまだ間があるが、夜遅くまで営業する飲食店がないエリアなので、人通りはやはり少ない。

左手にガランとしたグラウンドを見ながら、二人は「暑い」と言い交わしつつ歩いた。

気温は連日三十度後半を記録しており、夕立もこの数日はないというのに、湿度がいっこうに下がらないというのは不思議な話だ。

週末ごと、日中は少年野球の試合で賑《にぎ》わいを見せるグラウンドも、夜は無人で、何とも物寂しい。

「ガキの頃は、夏でも野球だのプールだの、ずいぶんアクティブに過ごしたけど、芸能人になってからは、日焼けがNGだったからな。出掛けるたびに日焼け止めベタベタ塗らなきゃいけないのが面倒くさくて、すっかりインドア派になっちまった」

そんな海里のぼやきに、ロイドは笑顔で言葉を返した。

「セルロイド眼鏡も日焼けは御法度でございますから、インドア派で大いに結構。エアコンの効いたお部屋でドラマを鑑賞するのが、夏のいちばんの娯楽でございますよ」

「そりゃお前の話だろ。俺は、ハイソなホテルの屋内プールで泳いだり、プールサイドで優雅にカクテル飲んだりしたいよ」

「おや、それは少し魅力的でございますね。いえ、泳ぐのはともかく、カクテル……」

楽しげに喋《しゃべ》っていたロイドが、ふと言葉を途切れさせる。暗がりでも、その顔に浮かんだ緊張の色が見てとれて、海里はハッと足を止めた。

「ロイド、もしかして」

「……感じます。何か、とても暗い、禍々《まがまが》しい気配を」

ロイドはそう言うと、辺りを素早く見回した。

「禍々しい気配って……うわっ」

海里も、思わず両手で自分の身体を抱く。

さっきまで暑くてたまらなかったはずなのに、小刻みに全身が震えだした。

たまらない悪寒だ。背中どころではなく、全身がゾクゾクする。

五日前の深夜、道路で突き飛ばされる直前に感じた悪寒より、さらに強い。

「ちょ……これ、なんかやばくね？」

「相当にやばいでございます。海里様、どうかお逃げに」

「逃げるって、どっちに」

「わかりかねます！」

「ええええ!?　そこ、いちばん大事じゃね!?」

「申し訳ありません。ですが、このようなこと、このロイドにも、製造されて以来初めての経験でございまして」

切迫した口調でロイドは弁解したが、言葉の端々に間の抜けたフレーズが入るせいで、どうにも緊張感が微妙に削《そ》がれる。

そのおかげで少し冷静さを取り戻した海里は、グラウンドを背にして、格子状のフェンスにもたれるように立ち、辺りを見回した。

「こないだは道路に突き飛ばされたけど、今回は低いながらにガードレールがあるし、俺だって同じ手は二度食らわないんだからな。こうなったら、俺を殺そうとする奴の姿、見てやろうじゃねえか」

海里にも、男の意地というものがある。

霊などに怯えて逃げ惑うのは、やはり心のどこかで悔しい、情けないと思ってしまう。ロイドもついている今なら、この前のように不意を突かれることはなかろう。

そう踏んで、海里は両足にうんと力を込めた。

今回は、何があってもしっかり立ち続けてやるという、未《いま》だ姿を見せない「誰か」への意思表明である。

ロイドも、そんな海里に寄り添い、油断なく周囲を見回した。

「くれぐれも油断召されぬよう。どこにいるかはまだわかりませんが、気配から、かなり近いと思われます」

「それは、俺も感じてる。なんか、全身鳥肌立ってるんだけど」

「髪の毛も幾分逆立っておいでですよ」

「そんなもん観察しなくていいから、霊を捜せ、霊を」

「承知しております！」

マシンガンのような早口でそんなやり取りをしながら、二人は人っ子ひとりいない歩道、そして時折通り過ぎる自動車を見続ける。

自動車が行ってしまうと、辺りは薄気味悪いほどの静寂に包まれた。

よく霊が現れるときに聞こえるというラップ音など、ひとたとも聞こえてこない。目に見えない者を警戒しつつ待つうち、口の中がカラカラになってくる。自分の呼吸音すら煩わしい。

(どこだ……。どっから来るんだ？)

「くそっ、いい加減、姿見せろってんだ！」

焦《じ》れた海里が尖《とが》った声を上げた瞬間、まるでそれに応じるように、ふうっと冷たい風が吹いた。

明らかに夏の夜の風ではあり得ない、肌を切るような冷たさだ。

「……ッ!?」

ロイドに何か言おうとして果たせず、海里は微《かす》かに喉《のど》を鳴らした。

突然、首筋が万力のような力で締め上げられたのだ。

(痛ッ……いやこれ、冷たいのか……!?)

首筋に、ドライアイスの輪を掛け、ギリギリと締め上げられているような異様な感覚がある。まったく息ができない。

背後から、何者かに首を絞められていると気付いて、海里は戦慄《せんりつ》した。

グラウンドの地面は、歩道よりずいぶん低いところにある。

歩道に設置されたフェンスと、グラウンドに設置された金網の間にはずいぶん段差があるし、海里はフェンスにもたれて立っていた。フェンスとグラウンドの間に、誰かが入り込み、突然海里の首を絞めるというのはまず不可能だ。

「海里様ッ!?」

川のほうを見ていたロイドは、振り返って主《あるじ》の異状に気づき、悲鳴に似た声を上げた。

「カ……ッ……は」

息苦しさに顔を紅潮させ、両手をばたつかせるものの、海里はもはや一言も発することができない。

ギリ、ギリ……と首にめり込むのは、強靭《きょうじん》な指だ。凍えるほど冷たいそれが、海里の首の骨を折らんばかりの勢いで締め上げてくる。

ふわり、と、頬を柔らかいものが掠《かす》める。霞《かす》む視界の端に、黒髪が映った。

「この……何者かは知らないが、わたしの主に何をする！」

これまで一度も聞いたことがない、怒りに満ちた声を上げ、ロイドは海里の背後、つまり高い金網のほうへ両手を突き出す。海里には見えないが、そこにいる誰かに摑《つか》みかかっているようだ。

（いったい……なに、が）

海里の視界が、徐々に暗くなってくる。脳がついに酸欠状態に陥ったのだ。

（ダメだ……今度こそ、俺、死ぬ）

必死で踏ん張ろうとしたが、両足から力が抜け、意識が遠くなるのがわかった。

（くっそ……。これは間抜けすぎだろ、俺）

心の中で地団駄を踏みながら、気絶しかかったそのとき、ふいに首を締め上げていた「誰か」の両手が離れた。

咄嗟《とっさ》に吸った息が、勢いよく肺に流れ込んでいくのがわかる。

「ゲホッ……ゴホッ、ガホッ……」

地面にくずおれ、フェンスにもたれて激しく咳《せ》き込みながらも、海里は必死で息を吸い、吐いた。

これほど一生懸命に呼吸をしたのは、おそらく生まれて最初の産声を上げたとき以来だろう。

「この……ッ！　よさないか！　我が主に近寄るんじゃない！」

ロイドは相変わらず、海里を襲った「誰か」と揉《も》み合っているようだ。海里はズキズキと痛む首を押さえ、フェンスを片手で掴んで上半身を支えて、ロイドの怒声が聞こえるほうへ視線を向けた。

そして、今度こそ掠れた悲鳴を上げる。

フェンス越しにロイドに摑みかかっていたのは、長い黒髪を振り乱し、真っ赤な瞳《ひとみ》をカッと見開いた、まさに鬼女の形相をした女だった。

着乱れた薄青い色のワンピースの裾《すそ》が激しくはためき、そこから女の蠟《ろう》のように白い裸足《はだし》の脛《すね》がぬっと伸びている。

女は、宙に浮いていた。

（マ……マジで霊だった……！　俺、霊に首を絞められてたんだ……）

首の皮膚はまだ、ずっと氷を押しつけられていたようにジンジン痺《しび》れ、感覚がない。

幽霊と格闘するロイドを助けたいと思っても、一度死にかけた身体は、そう簡単には動いてくれない。

「ロイド……ッ」

潰《つぶ》された喉から必死で絞り出した海里の声など耳に入らない様子で、ロイドはいつもはきちんと整えた栗色の髪を振り乱し、左手で幽霊の長い髪を鷲摑《わしづか》みにして、右手を高く振り上げた。

「いい加減に……なさいッ！」

渾身《こんしん》の一声と共に、ロイドの右手が、幽霊の女の頬を張り飛ばす。

（いやいや、ピンタなんて、この馬鹿力の霊に通じるもんかよ……って、えっ？）

信じられないことだが、フェンスに縋《すが》りつく海里の目の前で、あれほど激しく抗《あらが》っていた女の動きが、ピタリと止まる。

はためいていたワンピースの裾がダランと垂れ、それと同時に、耳まで裂け上がるようだった女の大きな口が、少しずつ小さく……まるで人間の女性のそれのように変化していく。

真っ赤に燃え上がっていた両眼も、徐々に禍々《まがまが》しい光を失い……やがて、目の前には、ただ虚空に浮いたままの若い女の霊が、ぽつねんとたたずむばかりになった。

「お、おい」

海里は嗄《しわが》れた声で呼びかけたが、女はそんな海里の顔を凝視して、「あれっ？」と、確かにそう言った。

「あれっ、とは……？」

幽霊を平手打ちして動きを止めたロイド本人も、そんな女の霊の変容ぶりに呆気《あっけ》にとられた様子で、仁王立ちのポーズのままでおずおずと問いかける。

今はもう、そこそこの美人といってもいい、ありふれた顔相に戻った女の霊は、むしろ狼狽《うろた》えたように両手を頬に当て、「うそ」と呟《つぶや》く。

「嘘？」

フェンスをするっと通り抜け、海里の前に座り込んだ女の霊は、途方に暮れた顔つきで、情けない声を出してこう言った。

「やだ、人違いしちゃった」

三章　うっかりした人

午後十一時過ぎ、ほろ酔い加減で帰宅した夏神は、階段をドタドタ駆け下りてきた海里に、機嫌よく片手を上げて挨拶《あいさつ》した。

「おう、帰ったで」

だが、海里は酷《ひど》く慌てた様子で、挨拶を返すこともせず、いきなりこう訊《たず》ねてきた。

「夏神さん、どっかにドライバーない？　探しても見つからないんだけど」

しかも、やけに掠《かす》れた声だ。風邪でも引いたのかと思ったが、数時間前に家を出たときには、いつもと少しも変わらなかったはずだ。

「ドライバー？　あるで……っちゅうか、お前、どないしてん。声と、それ」

夏神が驚きの表情で指さしたのは、海里の首だった。

一瞬、犬の首輪でもつけたのかと見間違えるほど、海里の長い首筋には、赤黒いアザが浮き上がっている。

だが海里は、それに構わず「ドライバー！」と繰り返した。

どうやら、よほど気が急《せ》いているらしい。

「ちょー待て。何か知らんけど、今出したる。確かあったはずや」

首からかけたスポーツタオルで額の汗を拭《ふ》きながら、夏神はのそのそと厨房《ちゅうぼう》に入っていった。海里も、そのあとを追いかける。

「そっちにあったのかよ。茶の間を探してた」

「まあ、ドライバー使うような用事は、たいてい店のことやからな。お、あった」

文房具の類《たぐい》を入れてある引き出しをガサゴソしていた夏神は、よく見るタイプのプラスドライバーを一本取りだし、海里にかざしてみせた。

「プラスでええんか？」

だが海里は、焦《じ》れた様子で掠れ声を張り上げる。

「あああ、それじゃなくて、マイナス。それも、もっと小さい奴！」

「マイナス？　しかも小さい奴？」

「もっとこう、あるじゃん、細くて短いのが何本かセットになってケースに入ってるようなの」

そこで夏神は、ようやく海里が欲しているものが何か理解したらしい。

「ああ、精密ドライバーのことか。滅多に使わんけど、貰《もら》いもんがあった気ぃすんな。ちょー待て、探すから」

「早く！」

海里はガサガサの声で催促しつつ、小規模に地団駄を踏む。つられていささか焦り気味に深い引き出しを引っかき回しながら、夏神は海里を問い質《ただ》した。

「何やねん、いきなり。俺がちょっと留守した間に、何があったんや？」

「壊れたんだよ！」

海里は嚙《か》みつくように答える。夏神は手を動かしながら首を捻《ひね》った。

「壊れた？　いったい何を壊したら、精密ドライバーなんて必要になんねんな」

探るうち、精密ドライバーが六本入った平たいプラスチックケースが、引き出しのいちばん底のほうにちんまり入っているのが見つかる。

「お、あったで」

「サンキュ！」

夏神がそれを摑《つか》み出すなり、海里は礼の言葉とほぼ同時に引ったくり、階段を駆け上がっていく。

「えっらい慌ててんな。壊れたら、あいつがそないに動転するもんで、精密ドライバーが必要なもん……あ？　まさか」

ロイドか？　と口の中で呟《つぶや》いた途端、推測が確信に変わったのだろう。酔いで緩んでいた夏神の顔が、さっと引き締まる。

「何をやりよったんや。……おーい、まさか喧嘩《けんか》か？」

二階に向かって問いかけながら、夏神も大股《おおまた》に海里を追いかけた。

「あーあー、やっぱしか……って、あ？」

茶の間に踏み込んだ夏神は、卓袱台《ちゃぶだい》に向かい、推測したとおり、リムが外れ掛けたセルロイド眼鏡を修繕しようとしている海里の姿に、眉尻《まゆじり》を下げた。だが次の瞬間、もう一人、思いがけない人物が部屋の隅っこにいるのに気づき、器用に半歩後ずさる。

「な、なんやイガ、お前、俺の留守に誰を家に連れ込んで……いや、誰……ええと、誰、でえぇのんか？」

混乱しきった質問が、その口から放たれた。

夏神の狼狽《ろうばい》は、決して酒のせいではない。

テレビと塗り壁の間の空間にはまり込むように膝《ひざ》を抱えて座っているのは、ストレートの黒いロングヘアが印象的な、若い女性だった。

そこそこ整っているが、これといって印象的なところがない、まるで無個性なテンプレートのような、小作りな顔をしている。

あまりボディラインが出ない、シンプルかつストンとしたデザインのワンピースを身につけているが、長い裾《すそ》から出た脛《すね》の下半分の細さを見れば、スリムな体型であることは想像に難くない。

それより夏神を困惑させているのは、その女性の身体が透けていることだった。

一見、生身の人間のように見えるのだが、そして実際、姿形は完璧に女性なのだが、いかんせん、彼女を透かして壁面がぼんやり見えているのだ。

まるで立体映像のようだが、女性は膝を抱えていた両手をダランと下ろし、夏神の顔を見上げてきた。出来合の映像ではなく、今、夏神を見て反応していることがわかる仕草である。

「もしかして……その、アレか。お前、幽霊連れてきたんか。そこの人は……」

「ちょっと待って。まずはこいつを修繕しないと、落ちついて話せねえ」

海里は未《いま》だかつてないほど真剣な面持ちで、上半身を丸め、細いドライバーを慎重に回している。

「いや、この状況で待てって言われてもやな」

『家主さんですか？……すいません、お邪魔、してます』

これまたどこかディストーションがかかった、やけに遠くから聞こえるような声でそう言って、女性は決まり悪そうに正座に座り直すと、上目遣いでモソリと頭を下げる。

「お邪魔してますて言われても、なあ」

いったいどこの誰、いや幽霊だかわからないが、挨拶されてしまって、ただ突っ立っているのではかえっていたたまれない。

やむを得ず、夏神は卓袱台の近くに胡座《あぐら》をかいた。

「まあ、何ちゅうか、どうも」

そんな曖昧《あいまい》な挨拶とも何ともつかない返事をして、夏神はうなじでウサギの尻尾《しっぽ》のように髪を結んでいたゴムを外し、ボリボリと所在なさそうに頭を掻《か》く。

「これで……うん、なんとか」

グラグラだった眼鏡の右のリムを取り付け、何度か折り畳んだり伸ばしたりしてネジの締め付けの強さを確かめた海里は、ふうっと溜《た》め息をついた。

次の瞬間、眼鏡がかき消え、海里の傍らにロイドの姿が現れる。

いつものお洒落《しゃれ》な英国紳士の姿ではなく、僅《わず》かに白髪交じりの髪はボサボサ、ベストやズボンは埃《ほこり》だらけ、そしてワイシャツの右の袖《そで》は肩のところが大きく破れてしまっている。

海里は身体ごとロイドのほうを向き、畳に両手をついて、ロイドの顔を覗《のぞ》き込んだ。

「おい、大丈夫か？　右腕、どうだよ。俺、ちゃんとつけられた？」

するとロイドは、右腕をぐるんぐるんと回転させ、海里に向かってニッコリ笑ってみせた。

「完璧《かんぺき》でございます！　いやあ、右腕がいきなり肩からもげたときには驚きました」

のほほんとしているロイドに対して、海里はまだ興奮したまま、カスカスの声でまくし立てる。

「驚いたのはこっちだっつの！　命拾いしたーってホッとした瞬間にそんなことになったから、心臓が止まるかと思っただろ。ホントに平気か？　どっこも痛くないか？」

「大丈夫でございます。いやはや、年を経た、たいへんにデリケートな眼鏡でございますからね。手荒に扱われますとかようなことになりますゆえ、くれぐれもご用心くださいませ」

「手荒に扱ったのは俺じゃないし！」

「それより、海里様のほうこそ大丈夫でいらっしゃいますか？」

「俺はまあ、明日《あした》絶対どっか筋肉痛になるし、今も首の絞められたとこが滅茶苦茶《めちゃくちゃ》痛いけど、まあ、そのうち治るだろ」

海里が首筋を撫《な》でながらサラリと言った言葉に、夏神は仰天する。

「絞められた!?　誰にや！」

だが海里は、色々あって感情が急激にアップダウンした結果、異様にフラットな気持ちになってしまったらしく、やけに平然と、くだんの透けた女性を指さした。

「その人。あ、そういえば名前まだ訊《き》いてなかったっけ」

『えっと……名字はなんだか恥ずかしいから伏せさせてもらって、名前はフミ。フミはカタカナ』

幽霊も足が痺《しび》れるものなのか、自己紹介した女性……フミはゆるりと膝を崩し、決まり悪そうに撫で肩をすぼめた。

「フミさんかあ。俺は五十嵐海里、こいつはロイドで、こっちはここの家主で定食屋の店主で、俺の師匠の夏神さん」

海里はやや憤った顔をしつつも、律儀に自己紹介し、ついでに他の二人も紹介する。

「ロイドです、以後お見知りおきください、お嬢さん。ところで、女性にお歳を訊《たず》ねるのはたいそう失礼かと存じますが……」

　ロイドは背筋を伸ばし、いかにも英国紳士らしくきちんとした挨拶《あいさつ》をした。そのついでのような質問に、フミは長い前髪を片耳に掛けながら答えた。

『死んだときは、二十四だった』

「おやおや。それはまたずいぶんお早いご逝去で」

『我ながら早まったと思うけど、仕方ないわ、死んじゃったんだから』

　フミは元気のない顔と声でそう言った。幽霊なのでそもそも元気なはずはないのだが、それにしても、さっきの迫力はどこへやら、である。

　小一時間前、海里たちを襲撃したときの、あの鬼気迫る、幽霊というよりは妖怪《ようかい》、いや鬼女のようなゾッとする凶相はすっかり消え去り、禍々《まがまが》しい気配もない。

　夏神が、ポカンとするのも道理である。

「いや……。さっぱりわけがわからん。何で、この人がお前を襲ったんや？　イガ、お前、何したんや？」

　夏神に不審と懐疑の眼差《まなざ》しを向けられ、海里は迷惑そうに咳払《せきばら》いした。

「俺は何にもしてねえし。つか、この人が、ひっどい人違いをしたっぽいんだよ。俺、たぶん間違って襲われたんじゃないかな。ただ、俺も詳しくはまだ訊けてない。ロイドが壊れて死ぬ程焦ってたから」

　ロイドも頷《うなず》き、今はただシュンとしているフミに優しく問いかけた。

「誰にでも、間違いはございますよ。海里様に万が一のことがあれば、そう呑気《のんき》なことは申せませんが、幸い、最悪の事態は避けられたのでございますから」

『うう……でも』

「いいから。これも何かの縁だろ。ほっとけないから、ここに連れてきたんだ。謝らせたいわけじゃないって。悪いと思ってんなら、事情を聞かせてくれよ」

海里がそう言い、夏神も険しい面持ちで、太い腕を組んでフミを睨《にら》む。

「何やようわからんけど、俺の弟子があんたに首絞められたて知って、何も聞かんと帰すわけにはいかんな。俺も、話をよう聞かしてもらうで」

二人と眼鏡の視線を受けて、フミは項垂《うなだ》れながらも、素直に打ち明けた。

『私、実家は秋田なの。就職でこっちに来て、JR芦屋駅前にある住宅メーカーでOLやってた。あ、もうその支店はなくなっちゃったけど』

「おや、秋田美人ですか」

ロイドはすっかりいつもの彼の調子を取り戻し、乱れた髪を片手で撫でつけながらそう言ったが、フミはたちまちムッとした顔つきになった。

『それ、生きてた頃、職場でよく弄《いじ》る材料にされたわ。秋田の色白地味女って言われてた』

海里は思わず夏神と顔を見合わせる。

「色白地味女って、そのまんま過ぎね？」

『死んでからもそれで弄られるとは思わなかったけどね！』

「あ、悪い。そんで？」

海里はポリポリと頭を掻き、フミは不満げながらも打ち明け話を続ける。

『実は職場で、五歳年上の営業の男の人とつきあってたの。告白したのは、私のほう。たまたま彼女と別れたばっかで、寂しいから乗ってくれたみたい』

海里は不愉快そうにギュッと眉《まゆ》をひそめた。

「そいつが、俺に似てたわけ？」

フミは、海里の顔をつくづくと見て、うーんと微妙な声を出す。

「うーんって何だよ？」

『こうして、じっくり見てみると、そうでもない気がしてきた』

「えええ!?」

『顔立ちが派手なところとか、体型とか、そういうのは凄《すご》く似てるけど……こう、細かいとこは、これといって……ごめんなさいっ』

フミは言いにくそうに白状し、海里はさすがに痛む首の絞め痕《あと》を擦《こす》りつつ、掠《かす》れ声ながら語気を強めた。

「人違いで俺を殺しかけたっていうから、よっぽどうり二つなのかと思ったら、その程度かよ。ああでもまあ、やっちゃったことを責めてもしょうがないな。そいつとよっぽど酷《ひど》い別れ方でもした？　あんな、とんでもない馬鹿力の化け物みたいになってたってことは、そいつのこと、よっぽど恨んでたんだろ？」

フミは再び項垂れ、畳の上に視線を彷徨《さまよ》わせる。

『付き合いだして半年くらいは、凄く楽しかった。仕事はつまんなかったけど、同僚には内緒の職場恋愛だったから。そういう秘密、凄くスリリングで楽しいの』

「あー、わかるわかる。俺は経験ないけど、そういう奴、何人も見た」

海里はやけに実感のこもった同意をした。

かつて芸能人だった頃、他のタレントや俳優たちの秘密の恋愛関係を、絶えず見聞きしてきたからだ。

しかし、海里が元芸能人だと気付いていないらしいフミは、それを特に不思議に思わない様子で話を続けた。

『私、昔から顔も性格も地味で、影が薄くて、スタイルも今一つで、そういう浮いた話、それまで全然なかったの。告白したって、引かれたことしかなかった。だから正直、初恋で、初彼氏だったから、物凄く浮かれてたと思う』

「無理もないでしょ。浮かれていいところだと思うよ」

海里は相づちを打ったが、夏神は鬼瓦《おにがわら》のような顔で沈黙を守っている。そんな夏神の顔を少し怯《おび》え気味にチラチラ見ながら、フミは細い声で話を再開した。

『職場では知らん顔、でも一足先にアパートに帰って、彼のためにご飯を作って待ってるの、新妻みたいでステキだった。わかるでしょ、一緒に夜を過ごして、朝、またわざと時間をずらして出勤することとか、彼の置きワイシャツと置きネクタイと歯ブラシが私の家にあることとか！　ずっと憧《あこが》れてたことが、現実になって……夢みたいだった』

そうした、初恋が思いがけず実った喜びや浮かれた気持ちは、自分の恋愛経験から理解できたのだろう。夏神はまだ仏頂面のままで、それでもボソリと共感の言葉を口にする。

「そら、楽しかったやろなぁ」

『……はい。凄く楽しかったです』

当時の生活を思い出したのか、海里とロイドを襲撃して以来初めて、フミは口元に小さな笑みを浮かべた。しかしそれは、どこか幸薄そうな笑顔だった。

『平日、仕事の合間に、同僚に気付かれないように目配せし合うのも、夜に一緒に過ごすのも、休みの日に、職場の人と会いませんようにってドキドキしながらデートするのも、凄く楽しかった。そのまま、結婚するんだろうって思ってた。……なのに』

「何があったんや？」

夏神に穏やかに促され、フミは木綿のざっくりした布地に覆われた膝《ひざ》を、両手でギュッと握り締めた。

『二股《ふたまた》、掛けられてました』

「あー」

海里は思わずこめかみに片手を当て、夏神は無言で目をきつくつぶった。ロイドだけがキョトンとして、そんな三人の沈痛な顔を見比べる。

「あの、二股、とは、いったいどのような？」

夏神は腕組みを解かず、重々しい口調で簡潔に説明した。

「つまり、この人の他に、もうひとり付き合っとる女がいたっちゅうこっちゃ」

「なんと！　それは赦《ゆる》し難く不誠実な！」

なかなか古風な恋愛観を持っているらしきロイドは、憤慨した様子で彫りの深い顔をしかめる。

海里も、不愉快そうに口元を歪《ゆが》めた。

「俺にちょっとでも似てる奴に、そういうことしてほしくないんだけどな。つか、もうひとりはどういう子で、なんでそれがわかったんだ？」

問われて、フミはボソボソと答えた。

『忙しくて私の家に寄れないって日が増えたときに、気付くべきだったかも。でも、営業ってそもそも忙しいから、もしかしたらそれ以前は、私のためにずっと無理してくれてたのかなって思ったの』

「あー、そういうところは妙にポジティブに解釈しちゃったんだな」

『無意識に、彼を疑わないようにしようと努力してたんだと思う。休みの日も疲れてるからって会ってくれなかったり、たまには彼のアパートに行きたいって言っても、なんだかだ理由をつけてはぐらかされたり……。寂しかったけど、不満をちょっとでも言ったら、彼が「嫌なら別れる？」って不機嫌になるから、なんか怖くて』

海里は思わず小さく舌打ちする。

「あんまり人の彼氏を悪く言いたくないけど、もうその時点で嫌なヤツじゃん。でも、あんたは彼が好きだったから、ものわかりのいい彼女をやってたわけだ？」

『そう。二股かけられてたって知ったのは、付き合って一年ちょっとした夏のことだった。会社である日、支店長が朝礼の終わりにみんなに言ったの。彼が顧客のお嬢さんと婚約しましたって。うちで、山の手にすっごい豪邸を建てたお客さんで、大口契約と恋を両方ものにしましたなんて言われて、みんなに拍手されたり冷やかされたりして、彼、凄く嬉《うれ》しそうにしてた。そんなの初耳だったから、心臓が止まりそうだった』

まるでドラマのような残酷な流れに、海里はゲンナリして首を振る。

「冗談じゃねえな。そんで？　あんたとのことは？」

『私が呆然《ぼうぜん》としてたら、会議が終わってそれぞれ持ち場へ戻るとき、彼が私のアパートの合鍵《あいかぎ》をさりげなく机の上に置いて、「そういうことだから、悪いけど」って囁《ささや》いて、それきり。それで、何もかも終わり』

「うあー。他人事《ひとごと》ながらムカツク！」

ガラガラの声でそう言い、海里は手のひらで畳をバシッと叩《たた》く。

「おいイガ、あんまし無理してでかい声出すな。そのまんまになったらどないすんねん。声は大事やろが」

心配そうに海里を窘《たしな》めてから、夏神はやっと腕組みを解き、両手を腿《もも》の上に置いた。

彼もまた、徐々にフミの境遇に同情し始めている証拠だ。

「ほんで……？　その、今幽霊になっとるってことは、それが原因で……」

『はい。死にました』

「自殺っちゅうことか？」

『はい』

さっきまでの夏神の顔が怖かったからか、フミは夏神にはやけにしおらしい応対をする。

だが、海里が「そんなろくでもねえ男のために死ぬことないだろ」と言うと、フミはティーンエイジャーのような膨れっ面で言い返した。

『死ぬつもりなんて、なかったんだもの！』

「……は？」

『だって、一年以上もつきあったのよ。彼のこと、信じたかった。大事な顧客のお嬢さんだから、言い寄られて断り切れなかったんじゃないかしら、とか』

「超都合のいい解釈だな～」

『わかってる。でも……諦《あきら》めきれなかったの。好きで好きで仕方がなかったから。ずっと、付き合えて嬉しかったから。まだ、私に気持ちが残ってるかもって信じたかった。取り戻せるんじゃないかって、思いたかった』

幾分からかい口調だった海里も、フミが切々と語る女心にほだされ、再び真顔に戻る。

「もしかして、自殺って、狂言自殺のつもりだった？」

　フミは、恥ずかしそうに頷《うなず》いた。

『……そう。だって同じ職場だから、私が自殺を図ったら、絶対に彼に伝わるでしょ？　そうしたら、私がどれだけ彼のこと好きかわかってくれると思ったの』

「うわー、重いな。悪いけど、さすがにちょっと引く」

『引かないでよ！　確かに、私もちょっと病んでたなって我ながら思うけど、本当に死ぬ程好きだったし、死ぬ程悔しかったし、悲しかったんだから』

「まあ、初恋でその仕打ちじゃ、病むよな。けど、『死ぬ程』が、『ガチで死ぬ』になっちゃったのはなんで？　どうやって自殺したんだよ、あんた」

　フミは畳の目を指先でなぞりながら、恥ずかしそうに答える。

『色々考えたけど、電車に飛び込んだりしたら、完璧《かんぺき》に死にそうじゃない？　排ガスもさじ加減が難しそうだし。ほら、どのくらいで死にそうかとか、見極めが難しいでしょ？　あんまり他人様に迷惑をかけるのも悪いし』

　変なところで生真面目なフミに、夏神は苦笑いした。

「そら、普通は確実に死ぬつもりでそういう手段を選ぶわけやし、他人様の迷惑を考える精神的な余裕もあれへんやろしな」

　夏神は、呆《あき》れ顔で相づちを打つ。フミは、『そうなのよね』と投げやりに言い、肩を落とした。

『かといってリストカット《リスカ》は痕《あと》が残って痛々しいわりに全然死ねないって世間でもよく言うじゃない？　それじゃ説得力ないなって。だから結局、捻《ひね》りがないけど首吊《くびつ》りがベストだと思ったの。ほら、痕が残るから、ひと目で首を吊って死のうとしたんだなってわかるし、本気なんだってことも伝わりやすいし』

「いや、それにしても、『首吊りがベスト』って滅多に聞かねえフレーズだよな。まあ確かに、いちばん加減しやすそうだし、いい具合に痕も残りそう。俺のは首吊り用の紐《ひも》じゃなくて、あんたの指の痕だけど」

海里は自分の首を指さしてしょっぱい顔になる。

『正気を失くしてたとはいえ、ごめんなさい！』

正座に座り直し、両手を畳についてガバッと頭を下げるフミに、夏神も何とも言えない微妙な顔で訊《たず》ねる。

「ほんで、ホンマに首吊ったんかいな」

そろそろと頭を上げたフミは、海里をじっと見て言った。

『吊りました。……ねえ、今、首吊りは加減しやすそうって言ったでしょ』

突然話を振られて、海里は戸惑いながら頷く。

「う、うん。言った」

『そうよね！　やっぱりそう思うわよね!?』

「いやそりゃ、両足ぶらーんだったら無理かもだけど、足が床についてりゃ、ヤバイと思ったらいつでもやめられるだろ？」

『そう思うわよねー！　そこが落とし穴だったわけよ』

　フミは突然勢い付く。心なしか、透けていた身体がごく僅《わず》かにハッキリ見えてきたようだ。三人は困惑しつつ、相づち代わりにバラバラに頷いた。

『私もそう思ったの。こう、首にぐぐっと痕が残るくらい首を吊って、その状態で会社に行ったら、絶対目立つし、どうしたのって訊《き》かれるじゃない？　そこで事情を打ち明けたら……名前を出さなくても、彼、きっとショックを受けてくれるんじゃないかって計画だった』

「なるほどな。わからないでもない。けど、なんでしくじって、ガチで死んじゃったんだ？」

『ほどよいところでやめるはずが、やめられなかったから』

「だから、それはどうして？」

　海里が重ねて問い詰めると、フミは実に決まり悪そうに答えた。

『どうも、勢いよく吊りすぎたみたい』

「へ？」

『アパートの高い棚の取っ手に紐を掛けて、首を通して、両足がベッタリ床につくように調整して、これで完璧だと思って首を引っかけたのよ。だけど、苦しいのがあんまり長いと嫌じゃない？　だから、意を決してグッと吊って、何秒かだけそのまま頑張っててやめようって思ったの』

「うん、それはまあわかる。そんで？」

『ところが、膝《ひざ》を曲げて、首に思いきり紐を食い込ませた瞬間に、視界が真っ暗になって……で、気がついたら、死んでた』

「えええ⁉」

海里とロイドは、仲良く驚きの声を上げる。

死に方が違うとはいえ、若くして死んだ女性を目の当たりにすると、雪山で命を落とした恋人のことを思い出すのだろう、夏神は痛ましげに嘆息した。

「俺は医者やないからわからんけど、アレ違うか。よう柔道の絞め技で首を絞められたとき、『落ちる』て言うやろ。意識が突然コトーンと途切れてしまうやつ。首の絞めどころが悪いとそうなるて、高校の授業で言われたで」

それを聞いて、我が意を得たりとフミは夏神のほうに身を乗り出す。

『そう、それ！　ホントに、意識がスイッチを切ったみたいに途切れたの。ビックリした。だって、目の前に首を吊って、どう見ても死んでる自分の身体があるんだもの。しまった！　って思ったけど、後の祭りよ。何度身体に戻ろうと思っても、もう無理だった』

「ああ、そっか。気絶したせいで、全身から力が抜けて、ガチで首吊っちゃったんだ」

「人体とは、不思議な構造をしているものでございますね。では、きっかけはご自分で作られたとはいえ、不慮の事故で完膚なきまでにお亡くなりになってしまったと、そういうわけですか？」

海里とロイドの言葉に、フミは一度頷くだけでまとめて肯定の返事に代える。夏神は、さすがに気の毒そうにフミを見た。

「本人に訊くんはアレやけど、ほな、ご遺体は」

『翌日、無断欠勤を怪しんだ会社の上司が来てくれて、発見されちゃった。残念ながら彼じゃなかったけど、そのときの話は、きっと彼にも伝わったと思う』

「リアルに伝わっただろな、きっと」

『あとは会社の人が連絡してくれて、郷里から両親と兄弟が来て、こっちでお葬式をされた。田舎だから、娘が自殺したなんて知られたくなかったんでしょうね。親不孝だったとは思う。でも、本当にそんなつもりじゃなかったのよ』

フミはしょんぼりと肩を落とした。

ロイドは、気の毒そうにそんなフミを労《いたわ》る。

「予定外の死を迎えた上、ご自分の葬儀を見守るのは、辛《つら》い体験だったことでありましょうね」

『つらいっていうか、家族に申し訳ないし、ひたすら困ってたわ』

「お困りになった？」

『だって、死ぬつもりじゃなかったから、気持ちの整理がつかないんだもの。それに、てっきり火葬されたら私の全部が消えるんだろうと思ってたのに、消えたのは身体だけ。今の私……幽霊って、結局、魂だけってことでしょう？　その状態で取り残されて、両親にも誰にも見えないみたいで気付いてもらえないし、だったら秋田へついて帰ろうと思っても、あるところから向こうへは、見えない壁があって行けないみたいだし』

海里は訳知り顔で頷いた。

「あー、幽霊って、死んだところに根付いちゃって、あんま遠くへはいけないらしいな。俺は死んだことないからわかんないけど、他の幽霊がわりとそんなこと言ってた」

『他の幽霊ってどういうこと？』

怪訝《けげん》そうなフミに、海里は窓のほうを指さした。

「なんかここ、近くに川が流れてるせいか、地形のせいか、近くに教会があるからか、何だかよくわかんないけど、幽霊が来やすいとか見えやすいとか、そういう特徴があるみたいでさ。幽霊が時々ふらっと入ってくるし、見える奴には見えるんだ。今、俺たちには、あんたの姿はハッキリ見えてる」

「俺には、ちょい透けて見えとるけどな。こいつらに比べたら、俺は霊感弱いらしいわ」

夏神はようやくそこで口の端に少しだけ笑みを過《よ》ぎらせ、「あんたが死んだんは、いつのことや？」とフミに訊ねた。

『ええと……そういえば、今って何年何月？』

海里がすぐに今の年月日を教えてやると、フミは呆然《ぼうぜん》とした顔で呟《つぶや》いた。

『もうすぐ、一年になる……。私、一年近くも困り続けてたんだ』

「一年、どないしとったんや。なんで、イガを殺しかけるとこまで行ってしもたんや」

夏神は、痛ましげに問いかける。フミは、はあ、と悲しげな溜《た》め息をついた。

『アパートは引き払われちゃって、居場所がなくなった。たまに私が見える人には、夜道でギャーって言われたりして、凄《すご》く困って、結局、職場にいたの』

「ええっ？　職場ってつまり、彼氏……元カレがいるとこじゃないのかよ」

さっき夏神に注意されたにもかかわらず、海里は思わず声のトーンを上げ、咳《せ》き込んでしまう。

ロイドに背中をさすってもらう海里の姿を申し訳なさそうに見やり、フミは頷《うなず》いた。

『そう。だって、他に行くとこ、なかったんだもん。昼間は私、全然見えないみたいだし、職場なら夜中は誰もいないでしょ？　誰も脅かさずに済んでいいかなって思ったの。私が死んだことを知って、彼がどうするかも知りたかったし』

どうにか咳を鎮めた海里は、囁《ささや》き声で問いかける。

「どうしてた、そのクソ男？」

『どうもしてなかった』

「は？」

『最初は、会社では私たちのことは秘密だったから、必死で平静を装ってるのかなって思ってたの。だけど、全然。婚約したっていうもう一人の彼女のこと、楽しそうにのろけてるし、私の代わりに入ってきた子にも早速ちょっかいかけてるし。最初から、私のことなんていなかったみたいに振る舞ってた。もう、私の死を悲しむとか罪の意識にかられるとか、全然なかった！　すっごく楽しそうだった！』

海里は、今度は大きく舌打ちした。

「くっそ、マジで最低じゃないかよ。俺に若干でも似てる奴だと思うと、余計に腹立つな」

『もう、悔しくて悔しくて。彼にも腹が立つし、うっかり死んじゃった自分にも腹が立つし、でも、幽霊じゃどうしようもないし！』

フミも当時の憤りを思い出したのか、語気を強める。

『モヤモヤしながら職場に居座ってたら、支店統合で、そのオフィスがなくなって、みんないなくなっちゃった。彼も。最後に見たときには、結婚式の日取りが決まったって上司に報告してた。……最高に幸せそうだった。私の死なんて、彼の人生にとっては小さなシミ一つにもならなかったんだって、思い知らされたわ』

「……それからは？」

『新しい店も入らないし、ずっと空き家になった元職場にひとりで居残り。なんかだんだん気持ちがボンヤリして、気がついたらフラフラそのへんをうろついてたりして、あ、このまんま消えていくんだ。元カレに二股《ふたまた》かけられて、腹いせに狂言自殺しようと

したらうっかり失敗してホントに死んじゃって、死んでからも他の女と幸せになる彼の
姿を見せつけられて、挙げ句の果てに幽霊になって途方に暮れてるとか、なんて酷《ひど》い人
生なんだろ……って思ってるときに、あなたを見かけて……えっと、誰だっけ』
「五十嵐」
『そうそう、深夜に五十嵐さんの後ろ姿をこの近くで見かけて、彼だ、彼が歩いてるっ
て思い込んじゃったの。懐かしくて、何だか嬉《うれ》しくなって、幽霊なのを忘れてふわふわ
近づいていったのを覚えてる。そしたらあなた、知らない女の人と楽しそうに歩いてて
……それを見た瞬間、血が凍り付くような気持ちがした。死んでるから、血なんてない
のにね』
「おっ。イガの浮いた話か？　彼女が出来たなんちゅう話は、聞いてへんで」
夏神は興味ありげな視線を海里に向け、海里は実に迷惑そうに手を振った。
「全ッ然、浮いてねえ！　それ、どう考えても奈津さんだよ。ほら、こないだ緊急オペ
が長引いたとかで、深夜にひとりで飯食いに来たろ？　あんとき、さすがにタクシーで
帰りなよって、国道二号《ニコク》線まで送っていったじゃん、俺。あんときじゃないの。ちょう
ど二週間くらい前だけど、その頃？」
慌てて説明する海里に、フミは曖昧《あいまい》に頷く。
『よくわかんないけど、たぶん。あの人、また違う女とあんなに楽しそうに……って思
ったら、凄く腹が立って、悲しくて、悔しくて、悔しくて悔しくて……何だろう、お腹

の中からどす黒い泥が溢《あふ》れ出して止まらない感じになって……』

フミは狼狽《うろた》えたように、ほっそりした両手で自分の頬を覆った。

『気がついたら、殺したい、殺そうって思ってた。私はあの人のせいで死んだんだから、あの人を殺して、私のものにしてしまえばいいじゃないって。殺しちゃったら、私だけのものになる。そう思ったら、自分が抑えきれなくなってた。それで……もしかしたら私、あなたのことを探してたのかな。それからあと……ここしばらくのこと、よく思い出せないんだけど』

「たぶん、夜な夜な俺を探して、襲撃するチャンスを探ってたんじゃね？ 俺、その頃から、夜に出歩くと妙な気配を感じてたんだよな。あれ、気のせいじゃなかったんだ。っていうか俺、あんたに殺されかけたの、今夜が初めてじゃないし」

『ええっ？』

「ついこないだ、夜中に国道二号線で信号待ちしてて、後ろから突き飛ばされた。もうちょっとで、トラックに轢《ひ》かれるところだった。あれもこの人なんだろ、ロイド？」

水を向けられ、ロイドは気の毒そうな顔で、それでもきっぱりと肯定する。

「さようでございますな。あのとき、海里様の背中に残っていた恨みの念は、先刻、フミ様が海里様に向けられたものとそっくり同じもの。海里様がおひとりになったときを狙い、命を奪わんとなされたのでしょう」

フミは心底驚いた様子で、自分の両手をじっと見下ろす。

『私……あの、本当に？　ううん、本当よね。ついさっきのことだもん、まだ両手に五十嵐さんの首を絞めた感触が残ってる。もう、全身を火で焼かれてるみたいな苦しさで、わけがわからなくて、ただ殺したくて……。でもそんなとき、人間にもなれる、そこの不思議な眼鏡さんに』

「眼鏡は正解でございますが、よろしければロイドとお呼びください」

『じゃあ、ロイドさん。ロイドさんに平手打ちされて我に返って、ホントにびっくりしたの。私、彼を殺そうとしてたんだって。ううん、それどころか、彼ですらなかったし！』

「そこ、もうちょっと早く気付いてほしかったけど、正気じゃなかったってのは、わかる。人間の怖さじゃなかったもん。こう……何て言えばいいんだろ」

先刻のフミの様子を正確に表現する言葉が見つからず、口ごもる海里に、ロイドがスマートに助け船を出す。

「フミ様は、長らくの孤独や失意、そしてご自分を手酷く裏切った恋人への悔しさや怒りが相まったところで、海里様を不実な恋人と見誤ったことが引き金になり、怨霊《おんりょう》になりかけておられたのでしょう。人間とて、年を経れば心の有り様がいささか変容致します。元は人であったわけですから、幽霊も然《しか》り。そして、怨念の塊となりつつあったフミ様の魂を危ういところで引き戻したのが、このわたしの黄金の右手というわけです」

「その黄金の右手で思いきりビンタしたせいで、本体のネジが飛んで、右腕が外れ掛けたわけだけどな！」

海里がすかさず混ぜっ返し、ロイドは裂けたワイシャツの右袖《みぎそで》を引き上げながら、照れ笑いした。

「いやあ、面目ないことで。海里様が飛んだネジを見つけ出してくださらなければ、もっと大変なことになるところでした」

「あの暗い中、地面に這《は》いつくばって、ほぼ手探りであんな小さいネジを探し出した俺を、もっと褒めてくれていいんだぜ。必死過ぎて、この先十年分の運を使い果たした気がする……」

なるほど、それで海里のあの焦りようか、と、夏神はようやく事態を理解する。

「思い詰めたらおかしゅうなるっちゅうんは、人も幽霊も同じなんやな。自分を捨てた恋人と人違いしてイガを殺そうとしとったところを、ロイドの一発で正気に返って今っちゅうことか」

『……はい。ほんとに、すみませんでした』

フミは消え入りそうな声でそう言い、再び畳の上に額を擦《こす》りつけるようにして詫《わ》びる。

海里は慌てて、そんなフミに声を掛けた。

「もういいんだって！　いや全然よくはないけど、正気に返ってくれたから、いいんだ。それより、元カレを殺したいって気持ちは、まだ残ってんのか？」

「せや。それが問題や」

夏神も、厳しい顔に戻ってフミを見据える。
頭を上げたフミは、力なく首を横に振った。
『今、自分の手に人を殺しかけた感触が残ってるのが、凄《すご》く気持ち悪い。怖い。だから
もう、こんなことはしません』
「本物の元カレに出会ってもか？」
『五十嵐さんには申し訳ないけど、人違いで、怨念？　みたいなものを使い果たした感
じです。暗くて苦しいものが流れ出していって、今、全身が空っぽ』
そう言って胸元に手を当てるフミを、ロイドは優しく見守る。
「海里様を身代わりにして、不実な恋人への復讐《ふくしゅう》をほぼ果たされたのです。いわば、宿
願を果たしたようなもの、虚脱なさるのも無理はありません」
『虚脱……。ああ、そんな感じ。何だか、気が抜けちゃった。急に、自分が薄くなった
感じがする』
フミはどこか不安げな顔つきをして、両手で自分の二の腕をさすった。そんな仕草に、
海里は心配そうにロイドに目配せする。
ロイドは静かに頷《うなず》き、慰めるようにこう言った。
「ご不安かもしれませんが、それが自然な流れです。そもそも人の魂は、肉体より解き
放たれると、無に還《かえ》っていくもの。人の魂も、いつかは壊れて当然なのです」
『そうなの？　でも、私はずっと消えずにいるわよ』

「それは、あなたの心の奥底に、先刻より何度も繰り返されたように、『悔しい』と思う強い念があったからでしょう。恋人に裏切られたことが悔しい、うっかり命を落としたことが悔しい、恋人が自分亡き後も幸せそうにしているのが悔しい。あなたの魂を今なお永らえさせているのは、その悔しさでありますまいか」

実に冷静な指摘を嚙《か》み砕くように、フミは何度か小さく頷く。

『それは……そうかもしれない。でも、そうやってここにずっと残っているのは、よくないのね？』

フミに問われて、ロイドはゆっくりと頷く。

「先ほども申しましたように、人も魂も変容していくもの。生者が老いるが如く、肉体を失った魂は古び、少しずつ歪《ゆが》んで崩れていきます」

『さっきまでの私は、つまり歪んだ状態だった？』

「はい。残念ですが、そうなりかけていたと言うより他はございません」

『じゃあ、このままこの世にいたら、またあんなことが起こるの？　気付かないうちにおかしくなって、また誰かを……彼に似た誰かを、またさっきみたいに襲っちゃうかもしれない？』

「その可能性は大いにあります。しかも次回、わたしたちが居あわせてお止めすることができるとは限りません。つまり……」

『次こそ、人を殺してしまうかもしれない』

「残念ながら、はい」

ロイドは穏やかだが、少しも言葉を飾ることなく、淡々と真実だけを告げる。海里と夏神は、心配そうにフミを見た。

（ロイドはああ言うし、これまでのことを考えれば、それは本当だと思うんだけど）

痛む首筋を撫《な》でると、さっき、彼の首を締め上げたときのフミは、目の前の彼女とは全く違う「化け物」になり果てていたのだと実感する。

ロイドがいなければ、海里はなすすべもなく命を落としていただろう。

言い換えれば、さらに「魂の劣化」が進んだフミが、再び「不誠実な恋人に似た男」を見つけたとき、次は間違いなく殺害してしまうだろうということになる。

同じ可能性を考えたのだろう、フミは真剣な顔でロイドに問いかけた。

『それは絶対に嫌。私、誰も殺したくなんかないわ。元カレだって、もう殺したくはない。どうしたらいい？』

「何もなさらずとも、大丈夫ですよ。恋人に対する復讐という心残りを果たされた今、あなたをこの世につなぎ止めるものはないはずです。自然と、魂は形を失っていくことでしょう」

『もう一度死ぬってこと？　それは、ちょっと怖い』

フミはブルッと身を震わせた。

（だよな。いくら知らない間に死んでたとはいえ、二度も死ぬみたいで嫌だよな）

海里も、自分が殺されかけたことは忘れ、フミに同情する。

だがロイドは、優しく笑ってかぶりを振った。

「そう恐れることはありません。痛みや苦しみはないはずです。砂が風に吹かれて舞い上がるようなものですから。ただ、心静かに、この世界から旅立つ瞬間をお待ちになればいいのです」

『そういう……もの？』

「はい」

ロイドは大きく頷く。

『わかった。……あの、本当にごめんなさい。謝っても足りないとは思うけど、幽霊だからこれ以上、何のお詫びもできなくて。ごめんなさい。……失礼、します』

もう一度、海里に向かって深々と頭を下げてから、フミはゆっくりと立ち上がった。

夏神は、少し慌てた様子でフミに声を掛ける。

「なんか、俺らにしたれることはないか？」

茶の間を出て行こうとしたフミは、振り返って夏神を見た。

『何かって？』

「いや、うちは定食屋やから、食いもんしか出されへんけど、この世から消えていく前に、何ぞ飲み食いしたいもんとか、ないか？」

「そうそう、作れそうなもんなら、頑張るよ、俺たち」

海里もすかさず言葉を添える。

フミはほんの数秒考え込んだが、静かにかぶりを振った。

『特には。……どうせ消えるなら、思い出の場所とか、歩きながら消えたいから』

海里はそれを聞いて、ちょっと不可解そうに整った顔をしかめた。

「殺したいほどむかついてる元カレとの？　ブチッといかねえ、それ？」

するとフミはかぶりを振って、寂しく笑ってこう言った。

『楽しかったことも、たくさんあったから。五十嵐さんを身代わりにして恨みを晴らしちゃったのなら、あとは楽しいことだけ、思い出しながら消えたい』

「……そっか。そんじゃ、ま」

『ご迷惑、おかけしました』

立ったまま、もう一度深々と一礼して、フミは茶の間を出て行った。夏神は、首だけ廊下に突き出して、階段を下りていくフミの頭が見えなくなるまで見送った。

「当たり前やけど、廊下も軋《きし》まんし、階段下りていく足音も聞こえへんな。ほんまにあの子、幽霊なんやな」

海里は頷き、心配そうにロイドを見た。

「まあ、俺で気が済んだんなら、不幸中の幸いみたいなもんだけど、あの子、ひとりで消えてくの、ホントに寂しくないかな。平気かな」

ロイドは微笑んで小首を傾げる。

「行きずりのわたしたちに見送られるよりは、ひとり静かに旅立ちたいとお考えになっても、不思議はないと思いますよ」

「それもそうか。……なんかゴメンな、夏神さん。家主に黙って勝手なことして」

「アホか。そないなことで怒るような男違うぞ、俺は」

夏神は大股《おおまた》に海里に歩み寄ると、その頭を大きな手でポンと叩《たた》いた。

「危ない目に遭《お》うたんはかなわん話やけど、これも縁やろ。……まあ、徳でも積んだと思うとけ」

海里はちょっとホッとした様子で、ずっと肩に入っていた力を抜いた。

「サンキュ」

「首はホンマに平気やねんな？」

「うん。医者に行くにも、この傷ができた状況を説明しようがないしさ。湿布でも貼って、様子見るわ」

「それもそうやな。今夜はゆっくり休めや。今は気ぃ張っとるから平気やろけど、いっぺん寝たらドッと疲れが来るで」

「たぶん、そうだと思う」

「はあ。まあ、大事のうてよかった。冷や汗かいたから、俺は汗流してくるわ」

夏神はそう言うと、もう一度海里の頭を労《いたわ》るようにポンポンと叩くと、風呂場《ふろば》へ行ってしまう。茶の間には、海里とロイドが残された。

「海里様、お休みになりますか？」

ロイドはさっそくそう訊《たず》ねたが、海里は「いんや」と首を振り、卓袱台《ちゃぶだい》の上にあったティッシュペーパーの紙箱を引き寄せた。

「ロイド、ちょっと眼鏡に戻れよ」

「何故でございますか？」

「いいから」

「……はあ、それでは」

いかにも渋々といった様子で、ロイドはたちまち、座布団の上でセルロイド眼鏡の形に戻る。

それを両手でそっと取った海里は、埃《ほこり》だらけのフレームとレンズを、ティッシュペーパーで綺麗《きれい》に拭《ぬぐ》い始めた。

「あっちこっち、細かい傷が付いちまってんぞ。大丈夫かよ、お前」

『前の主《あるじ》も、わたしを大切にしてくださる一方で、よく本の下敷きにしたり、机の端に置いて落としたりなさっていました。ですから細かい傷は、以前よりたくさんございます』

眼鏡のまま、ロイドは大らかに答える。しかし海里は、何とも微妙に落ち込んだ顔つきで、綺麗に汚れを拭《ふ》き取り続けながらこう言った。

「それでも、なんかゴメンな。ゴメンってのは違うか。ずっとバタバタして言いそびれてたけど、ありがとな、ロイド」

『何がでございますか？』

「何がじゃないだろ。お前、俺の命の恩人じゃん。ひとりだったら、俺、絶対フミさんに殺されてたよ」

海里の手の中から、ロイドのくぐもった笑い声が聞こえる。海里はその反応に軽く腹を立てて、フレームを拭く指先に力を入れた。

「いや、リアクションおかしいだろ。何も笑う要素ないと思うけど⁉」

しかしロイドは、なおも笑みを含んだ声で言い返してくる。

『いえ、わたしにとっては、そもそも海里様は命の恩人です。その海里様に、命の恩人と呼ばれる日が来ようとは、思いもしませんでしたので、つい』

海里は手を止め、目を丸くしてから、自分も小さく吹き出した。

「ホントだ。俺たち、お互いいっぺんずつ、命を助け合ったってことになんのか」

『ええ。お互い様でございますよ』

そうだなと相づちを打ちかけ、それでも海里はすぐに「いやいや」と否定した。

「俺がお前を助けたときは、誰とも戦ってねえから。ただ拾っただけだから」

『それでも、わたしが命拾いしたことに変わりはございませんよ』

「だとしても、ちょっとニュアンス違うよ。お前は、俺を助けようとして、あんな滅茶《めちゃ》苦茶《くちゃ》怖い、化け物モードのフミさんと戦ってくれたんだから。ネジが飛んだくらいで済んだからよかったけど、下手したらバッキリ行ってたかもしれないだろ？」

『そうでございますねえ。何しろ年を経た繊細な眼鏡でございますからね』

「そんな眼鏡が身体を張ってくれたんだから、俺のほうがいっぱい感謝しなきゃだよ。今度、セルロイド眼鏡の手入れ用のコンパウンドクリームを買うから、それまでこの程度で我慢してくれよな」

　海里はそう言うと、レンズを拭き上げ、あちこちから眼鏡の状態をチェックして、「よっしゃ」と満足げに頷《うなず》いた。

『もう、ようございますか？』

　問いかけておいて答えを待たず、ロイドはたちまち人間の姿に戻った。

　海里が眼鏡本体を綺麗にしてくれたおかげで、ロイドの姿もすっかり元通りだ。

「便利だな、お前」

　思わず感心の声を上げた海里に、ロイドは頷き、海里と向かい合って正座し、にっこりした。

「ありがとうございます。……そして、海里様。改めて申し上げます。あなたが無事でいてくださったことに、わたしも深く感謝しておりますよ」

　ロイドの口から出た「感謝」という言葉に、海里は眉《まゆ》をひそめる。

「待てよ。感謝するのは俺のほう……」

「いいえ。わたしも感謝したいのです。あなたを守らせてくださって、ありがとうございます」

どうやら、本気でそう思っているらしく、ロイドは海里に向かって軽く頭を下げようとする。海里は、慌てて両手でロイドの肩を押さえ、それをやめさせた。

「待てって！　意味わかんねえし。なんでそんなこと……」

「わたしは、前の主が死の床に就かれたとき、何もできませんでしたから」

あ、と、海里の傷ついた喉《のど》から、微《かす》かな声が漏れる。それは驚きではなく、気づきの声だった。

ロイドは、寂しく微笑んで頷く。

「老いて、病を得た前の主のお傍に侍《はべ》ることしか、わたしにはできませんでした。本当に、ただ見ていることしかできなかったのです」

「ロイド……」

「わたしを長年可愛がってくださった方をなすすべもなく見送り、その方が大切にしてこられた物たちが次々と機械的に処分されるのを見ながら、自分もまた、捨て去られました。あれほど無力感を覚えたことはございません」

ロイドが初めて口にしたつらい記憶に、海里は言葉を失った。

出会った瞬間から、ずっと陽気で快活だったロイドが、心の底に秘めていた深い傷を、初めて見せてくれている。

そのことに、海里は喜びと共に、困惑を覚えていた。

普段は子供のように振る舞っているが、本当は自分よりずっと長く生きていた眼鏡に、こんなときどう言葉をかけていいか、海里にはわからないのだ。

「でも、それは仕方ないって。だって……だってお前、眼鏡なんだし。眼鏡は普通、ものをよく見えるようにするとか、光を遮るとか、お洒落《しゃれ》とか、そういうこと以外はしないもんだろ？」

ようやく捻《ひね》り出した言葉は、酷《ひど》くしどろもどろだった。

「確かにわたしは眼鏡ですが、心を得てしまった眼鏡なのです。大切な、大好きな方のために、何かお役に立ちたい、ご恩を返したい。そんな思いを抱きながら、何もできずにいることは、レンズが割れるほどつろうございました」

そんな胸の内を寂しげに、けれど率直に口に出したロイドは、道に迷った子供のような顔をしている海里に、しんみりと笑いかけた。

「ですが、海里様。拾っていただいて以来、初めて、わたしは海里様のお役に立てました。大好きなあなたのために、このロイド、ついに、自分で自分を褒めてやりたいほど大活躍致しましたね！」

海里はなんだか泣きたい気分で、掠《かす》れた声に力を入れ、声を張り上げる。

「おう！　大活躍してくれた！　俺も褒めるけど、お前も全力で自画自賛していいぞ」

「はい！」

すっかりいつもの屈託のない笑顔に戻り、ロイドは夏なのにしっかり着込んだ毛糸のベストの上から、勢いよく胸を叩《たた》く。

「けど、やっぱありがとうは、今日は俺に言わせろって。ホントにありがとな、ロイド。

俺、マジで今夜のこと、一生忘れないと思う」

「わたしもです。フミさんの行く道が、安らかでありますように」

「そうだな。それも祈ってやらなきゃな」

彼女の魂がどこで終わりを迎えるかはわからないが、二人は何となく窓のほうへ視線を向け、フミのために目を閉じ、無言で祈りを捧《ささ》げた……。

四章　今度こそ本当に

あまり詳細なデータを取ったことはないし、これからもそんなことをするつもりはないのだが、「ばんめし屋」がいちばん賑《にぎ》わうのは、何故かきまって月曜日の夜だ。

週末はしっかり営業を休むので、常連客が店の味をいちばん恋しく思うのが月曜日なのかもしれないし、あるいは、単純に仕事帰り、これからの五日間を頑張り抜くために、定食をガツンと腹に収めたいと思うのかもしれない。

とにかく、海里がフミに襲撃されてから二日後の月曜日、午後十時過ぎ。

いつもは客の入りが落ちつく時間帯も、「ばんめし屋」は大いに賑わっていた。

三卓ある四人掛けのテーブル席はフルに埋まり、カウンターにも三人、客がいる。

接客はロイド、細々した副菜の類《たぐい》は海里が担当するとはいえ、主菜を夏神がひとりで仕上げる以上、オペレーション的にも皿の枚数的にも、ほぼ限界の人数だ。

「お水を注いで参りますね」

ロイドがピッチャーを持ってカウンターを出て行くのを視界の端に見ながら、海里はグリラーをチェックしにいった。

普段は魚を焼くそこに今ズラリと並んでいるのは、茄子《なす》だ。

最大限の強火で焼き付けているので、鮮やかな紫色だった皮は焦げ、あちこちで裂けてはシュンシュンと水分を噴き出している。

独特の香ばしい匂いを嗅《か》ぎつつ、海里はよく焼けた茄子をトングで摑《つか》み、まな板の上に載せた。

ヘタをトングでしっかり摑み、あらかじめヘタぎりぎりのところにぐるりと入れておいた切り目から、指先で皮を摘《つ》まんで剝《む》いていく。

「あっつ！」

無論、グリラーから出したばかりなので、熱いことこの上ない。しかも、皮を剝いた端からもうもうと湯気が立ち上るので、素早くやらないと手を火傷《やけど》してしまう。

カウンターに陣取った若い女性が、軽く伸び上がり、海里の手元を見て「わあ」と大《おお》袈裟《げさ》な声を上げた。

「熱そう」

「滅茶苦茶《めちゃくちゃ》熱いですよ」

「うちの母親は、焼き茄子をするとき、いったん水につけて冷ましてから皮を剝いてると思うんやけど」

「家庭ではそれでいいと思います。けど、ここでは焼きたてのあっつあつのままで食べてほしいんで、そこは頑張っちゃうわけです」

海里は愛想のいい笑顔で言葉を返す。

特にファンだったわけではなさそうだが、海里が元芸能人であることは知っているようで、彼女は意外そうにこんなことを言った。

「なんていうか、地道な仕事やね。テレビでは、もっと派手なことばっかりやってた印象だったから、ちょっとビックリしたわ」

最初の頃は、客に芸能人時代の話をされるたび、心に軽いダメージを受けていた海里だが、最近ではサラリと流せるようになった。

「あはは、ですよね。でも、今はここで見習いなんで。地道な仕事ばっかですよ」

「ほんならもう、あれ、やらへんの？　『ディッシー！』っていうやつ」

「やりませんよ。あーもう、恥ずかしいなあ」

「やってもええで〜」

じゃんじゃん揚げ物をしながら、夏神が太い声で混ぜっ返す。

無論、客と一緒になって海里をからかっているわけではなく、客があまり海里に絡みすぎないよう、軽い牽制《けんせい》を兼ねて会話に割って入ってくれたのだ。

それがわかっているので、海里も軽い口調のまま、グリラーに次の茄子を取りに行きながら、夏神と客の両方に向けて言った。

「許可が出たって、今は言えませんよ。そういうのは、俺がいつかメインの料理をがっつり任せてもらえるようになってからにします」

「えー、料理人のプライドって奴？　ちょっとかっこいいやん」

「ありがとうございまーす。はいっ、まずはあっつあつの焼き茄子をどうぞ。おろし生姜《しょうが》がたっぷり載ってるんで、食べるとき気をつけて」

女性客の褒め言葉を軽く受け流し、海里はまずはカウンターの客たちに焼き茄子の小鉢を出した。

それから、テーブル席の客たちの分に取りかかる。テーブル一卓はもうすべての料理を出し終えているので、あと二卓分だ。

手のひらや指の腹を真っ赤にしながら焼きたての茄子と格闘しているうちに、夏神が揚げ物を終え、メインの皿を仕上げ始めた。

給仕の手が空いたロイドが、なかなかの手つきでメイン用の皿に千切りキャベツやポテトサラダ、くし切りのトマトを盛りつけていく。

ロイドの本体であるセルロイドは火気厳禁なので、ロイドは決して火元や熱源には近寄らない。厨房《ちゅうぼう》に入っても、彼の定位置は冷蔵庫の近くで、担当はもっぱらサラダや冷たい料理の盛り付けだ。

特にキャベツの千切りに関しては、相当にふんわり上手に盛ることができるようになった。

ロイドが付け合わせを盛り付け終わった皿に、夏神がバットから、これまた揚げたての、まだしゅうしゅう音を立てている唐揚げを五つずつ盛り分ける。

「ロイド、メインは先にテーブルのお客様に出して。焼き茄子、おっつけ行くから」

「かしこまりました！」

エプロン姿のロイドは、楽しげに皿を大きなトレイに並べ、ホールへと出て行く。

「お待たせ致しました！　本日の主菜は、マスター特製の唐揚げでございます。ご飯とお味噌汁《みそしる》、すぐお持ち致します」

ロイドの歌うような口上と同時に、客席からおおっと歓声が上がると、夏神は満足げに口元を緩める。

毎日のことだが、なんて幸せな空間なんだろうと海里は思った。

テレビカメラに向かって料理するばかりで、その向こうにいる視聴者の気持ちなど微《み》塵《じん》も考えなかった頃には、決して得られなかった生の反応だ。

料理を作って出すほうも幸せ、食べるほうも幸せなら、他に望む物は何もない。そんな風にさえ感じられる。

「美味《おい》しい！　あっつあつで、皮が焦げた風味がついてて、生姜もバシッと利いとって、美味しいわ。上手に焼いた茄子って、こんなにジューシーなんやね」

自分が皮を剝いたばかりの茄子の焼き加減を褒められて、海里は嬉《うれ》しそうにお礼を言った。

「ありがとうございます。焼きたてを箸《はし》でざくっと粗く裂いてすぐお出しするんで、パーツによって食感が少し変わって面白いですよね」

「あ、ほんまそう。なるほど、お箸で裂いてるんや」

ニコニコ焼き茄子を頬張る客の笑顔に、やはり笑顔で応《こた》えて、海里は明るい気持ちで手元の作業に集中した。


「ごちそうさん！　正直ボロい店に見えたから不安やったけど、えらい旨《うま》かったわぁ。しばらくこっちで仕事やから、また来よるわな」

近くで夜間の道路工事に従事しているという作業着姿の男性がそう言いながら会計を済ませ、アルバイトらしき三人の若者たちを引き連れて出て行く。

「ありがとうございます！　お待ちしておりますよ」

店の外まで彼らを見送って戻ってきたロイドは、引き戸を閉めるなり、「ふう」と両腕を広げ、大袈裟に深呼吸してみせた。

勿論《もちろん》、店内にはもう客の姿はない。

時刻は午後十一時前、さすがに客足も鈍る時分だ。

「嵐のようなひとときでございましたねえ」

片付ける余裕すらなく放置されたままだった食器をトレイに集めながら、ロイドはそう言った。海里も片付けを手伝うべくカウンターから出てきて、「ホントだよな」と相づちを打つ。

「ありがたいこっちゃ。月曜の夜やし、唐揚げも人気あるんかもしれへんな」

夏神はそんな分析を口にした。

毎日、午後に仕込み作業を始める頃、「今日の日替わり」を店の入り口に取り付けた黒板にチョークで書き付けておく。

日替わりメニュー一本でやっている店なので、客が好みに合わない料理を食べる羽目にならないようにという配慮だ。

「あー、それはあるかも。唐揚げとかハンバーグとか、わかりやすい主菜の日は、お客さん多いもんな」

ほとんどが気持ちよく完食された皿を、海里はしみじみ嬉しく眺める。

中にはキャベツやトマトが微妙に残った皿もあるが、それは料理が気に入らなかったというより、単に野菜が苦手なのだろう。

「焼き茄子も、家の魚焼きグリルやと、皮が真っ黒になるまで焼くんは難しいからな。火力が足らんから、そうなる前に乾いてまうんや」

「あーわかる。あと、皮を焦がすと、チリチリ欠片《かけら》が飛ぶからな。家だと台所が汚れるって嫌がりそう。俺も、ここに来て初めて、思いっきり焼いた茄子は旨いって知ったもん」

揚げ油から揚げカスを小さな網で掬《すく》い取りながら、夏神はニッと笑った。

「せやな。けど、箸で裂くんはお前のアイデアやろ。確かに、包丁で切るより見栄えは少々悪うなるけど、味はずっとええ。定食屋は味優先や」

師匠である夏神に褒められて、海里は照れ笑いする。

「何となく試してみたら上手《うま》くいっただけだけどな」

「それが大事なんや。試行錯誤は、人に言われてするもんと違うからな」

夏神が揚げ油を綺麗《きれい》にして手を洗ったとき、引き戸が開いた。

再び、客の到来だ。

「いらっしゃいませー!」

ロイドは元気な声を張り上げ、海里もそれに続こうとして、あれ、と声を上げた。

入って来たのは、芦屋警察署所属の刑事、仁木涼彦だったのである。

今日は出勤していたらしく、淡い水色のワイシャツを肘《ひじ》までまくり上げ、地味なネクタイ姿の涼彦は、カウンターの端っこというお気に入りの席に座った。

「いらっしゃい、仁木さん。今日は夜勤?」

カウンターの中に戻った海里が声を掛けると、涼彦はネクタイを緩めながら、やや疲れた顔で答えた。口調がぶっきらぼうなのは、いつものことだ。

「いや。日勤なんだが、たまりまくったデスクワークを片付けていたら、帰りが今になった。ったく、日本の役所は書類が多すぎるんだ。紙大好きにも程がある。山羊《やぎ》か」

ぼやきながらカウンター越しに海里を見た涼彦は、ただでさえ鋭い目をふっと細めた。

「あんなことのあとだから、少し気になってたのもあって来てみたんだが……弟、お前、その首どうした?」

そう言って涼彦が指さしたのは、海里の首元だ。

いつも定食屋の仕事のときはTシャツがユニフォーム代わりの海里だが、今夜は半袖《はんそで》のワークシャツを着て、首元にバンダナを巻いている。

「うっ。さすが刑事、鋭いな」

海里はちょっと困った顔になった。

フミに襲撃されて、まだ二日しか経っていない。声は翌日には元に戻ったし、首の痛みもだいぶ薄らいだが、絞め痕《あと》だけはそう簡単に消えず、むしろさらに色の濃い内出血になってしまっている。それを誤魔化すため、バンダナを巻くしかなかったのだ。

「何があった？　素直に吐け」

座れば食事が出てくるシステムなので、メニューを吟味する必要がないのをいいことに、涼彦はいきなり尋問態勢に入る。

「うう……。確かに、仁木さんにはちゃんと説明しなきゃだよな。しかも他のお客さんが来ないうちに」

海里はそう言いながら、夏神をチラと見る。冷蔵庫から、唐揚げ用の鶏肉《とりにく》が入った大きな密封容器を取り出して振り返った夏神は、承諾を与えるように、海里に小さく頷《うなず》いてみせる。

海里はできるだけ簡潔に、土曜深夜のフミとのことを涼彦に語った。無論、ところどころで、ロイドの茶々、もとい補完が入る。

お手拭《てふ》きで手を拭《ぬぐ》いながら、厳しい顔でじっと聞いていた涼彦は、「そういうわけで、これ」と自分の首を指さして海里が話を締め括《くく》ると、何故か肩を上下させ、「はあ」と心底疲れたように息を吐いた。

「何、その反応」

「だってお前……幽霊だぞ？」

「幽霊だよ？」

海里がケロリとして言い返すと、涼彦はもう一つ、嘆息した。幸せが全力で逃げていきそうな、特大の溜《た》め息である。

「こちとら警察官だぞ。幽霊話なんか真に受けるかよ……と言いたいところだし、実際、お前やマスターやロイドさんと知り合う前は、そんなもん欠片も信じちゃいなかったのに、信じざるを得ないような経験をしたからな……。まあ、ぶっ飛んだ話ではあるが、なくもないんだろう。それなら、こないだのお前の道路飛び出し事件のことも、合点がいく」

「そういうこと。嘘じゃないよ」

「わかってる。一憲の弟が、俺に嘘をつくはずがない」

やけに確信に満ちた言葉を口にして、涼彦は首を捻《ひね》った。

「しかしその幽霊、俺が現場に居あわせなくてよかったな。目撃してりゃ、その場で傷害罪……いや、過失致傷のほうか。しょっ引かなきゃいけないところだったぞ」

大真面目な顔で現行犯逮捕の根拠を考える涼彦に、グリラーに茄子《なす》を置いて戻ってきた海里は思わず笑ってしまう。

「仁木さん、幽霊を逮捕するつもり？」

「たとえ幽霊でも、人を殺せば法の裁きを受けさせたいところだ」

「前科一犯の幽霊とか、ちょっと面白いな」

「面白がってる場合か。お前、二度までも殺されかけたんだろ？　大丈夫なのか、その幽霊は」

「うん。人違いが発覚したし、憎らしい元カレと勘違いして俺を襲ったおかげで、とりあえず憂さは晴れたみたい。あとは消えていくだけけっぽかったから、今頃はもう成仏してるんじゃないかな」

「だったらいいが。俺が事態を把握していながら、万が一のことがあったりしたら、俺は一憲に会わせる顔がなくなるからな。頼むぞ」

涼彦は真顔のままでそう言った。一憲というのは、海里の年の離れた兄であり、涼彦は一憲と高校時代からの親友なのだ。

そして涼彦は高校時代、一憲に密《ひそ》かに想いを寄せていたらしい。

互いに社会人となって再会したとき、そんな恋心は永遠に封印したそうだが、そのくせ隙あらば堂々と一憲を賛美するので、海里は時々閉口させられる。

「結局、兄貴の話かよ」

笑いながら、海里は茄子をクルリと引っ繰り返した。

焦げた茄子の皮がところどころ剝《は》がれ、熱に煽《あお》られてヒラヒラと舞い上がる。

綺麗になった油に鶏肉を投入し、長い菜箸《さいばし》でゆっくり引っ繰り返しながら、夏神も会話に加わった。

「イガのこと、気に掛けていただいてすんません。俺も話を聞いたときは、肝を冷やしました」

「わかります。こいつ、けっこう大変な目に遭ってんのに、危機感薄いから。そういう似なくていいところが兄貴とそっくりですよ」

「ええ？ そうかなあ。兄貴と似てるとこなんて、どこもないと思うけど」

「人間、てめえのことはわかんないもんだ。何だかだ言って、お前らはよく似た兄弟だよ」

素っ気なく言い放ち、涼彦は真顔でサラリと「一憲のほうが、ずっといい男だけどな」と付け加える。

「結局その結論かよ！」

律儀にツッコミを入れ、海里は焼き上がった茄子をグリラーから出してきた。

「仁木さん、焼き茄子好き？」

「わりと好きだな」

「じゃあ、一本まるっと食べる？ 一本で二人分なんだけど、今、他にお客さんいないから。冷めちゃうと出せないしさ」

涼彦は嬉《うれ》しそうに頷いた。

「おう、そんなら、ありがたくいただく」

「そうして。こないだ命を助けてもらったお礼ってことで」

「お前の命は茄子半本分の値打ちかよ！　安いな！」

そう言いながらも、皮を剝《む》いた茄子をそのまま載せた細長い皿を、涼彦は嬉しそうに受け取る。

おろし生姜《しょうが》をまんべんなく広げ、醬油《しょうゆ》をたらりとかけて、少し躊躇《ためら》ってから、涼彦は箸《はし》で茄子を持ち上げ、大きな口を開けてかぶりついた。

予想外に多い汁気が零《こぼ》れ、慌てて顎《あご》を拭う涼彦の姿に、夏神は大きな口をさらに引き延ばして笑う。

「正解ですわ。それがいちばん旨《うま》い食い方や」

「ですよね。せっかく一本まるっと出してもらったのに、ちぎったんじゃ値打ちが減る」

そんなことを言いつつ、もりもり茄子を平らげる涼彦の前に、夏神は手ずから唐揚げの皿を置いた。

「こっちもどうぞ、揚げたてです」

「はいっ、そしてご飯と味噌汁《みそしる》です。お漬け物もございますよ」

ロイドも甲斐甲斐《かいがい》しく、定食のセットを整えた。

「店の前で唐揚げってのを見て、つい吸い込まれたんだよな」

「ええ？　俺のことを心配してくれたんじゃなかったの？」

「まあ、それもある。唐揚げ七割、お前三割ってところか」

「うわ、俺の値打ち低ッ」

「茄子半本よりは多めに見積もってやったつもりだけどな」

ニヤッと笑ってやり返し、涼彦は唐揚げをしげしげ見て、少し訝《いぶか》しげな顔つきをした。

「マスター、やけに唐揚げ、黒っぽいですね」

夏神は気を悪くする気配もなく、「そうなんですわ」と頷いた。

「揚げすぎなん違うか〜て今日はえらい言われるんですけど、いつもと下味が違うもんで、これはこういうもんです」

「下味が違う？　どんな風に？」

「まあ、食うてみてください」

「食って俺にわかるかどうか」

夏神に促され、涼彦は少し不安げに、大ぶりの唐揚げを一つ、口に放り込んだ。

そんな風には見えない涼彦だが、見た目より大口らしく、端整な顔の輪郭が崩れていることなどお構いなしに唐揚げを咀嚼《そしゃく》する。

「下味が何か、わかった？」

ワクワクした顔で海里に問われ、涼彦は首を傾げた。

「うーん。いつもと違うのはわかるが、どう違うかと訊《き》かれても、な。こちとら、食については素人だからわからんよ。強いて言えば、少し甘みを感じるかな」

それを聞いて、海里は「お、鋭い」と声を上げた。涼彦は、まだもぐもぐしながらなおも考える。

「この味、どっかで……あ、魚」

「魚?」

「サワラとか銀ダラとか、味噌漬けにすんだろ。あれに近い感じがする」

「おお、正解でございますよ!」

ロイドがパチパチと手を叩《たた》いて讃《たた》えてくれるのを、涼彦はむしろ拍子抜けした様子で見た。

「えっ? 本当に味噌漬け?」

夏神は笑って種明かしをした。

「味噌漬け言うても、西京《さいきょう》味噌やのうて麦味噌ですけどね」

「へえ、麦味噌」

「麦味噌を酒で緩めて、砂糖と醬油をほんのちょっと、あとはおろし生姜を山ほど入れて、そこに鶏肉《とりにく》を漬け込むんですわ。味噌はゆっくり滲《し》みていくんで、長《なご》う置いても塩辛《かろ》うなり過ぎんし、甘みもあるし。ちょい焦げるんがアレですけど、それも味のうちっちゅうことで」

「なるほどな。確かに、端っこの少し黒くなったところが、また旨い。これはいいな」

「そうでしょ。ようけぇ召し上がってください」

そう言って、夏神はコンロ周りの片付けを始める。

そのとき、せっせと洗い物をしていたロイドが、客席のテレビを泡だらけの手で指さした。

「あっ、皆様、ご覧ください。淡海《おうみ》先生が」

「えっ?」

ほかの三人も、すぐにテレビ画面に視線を向ける。

常連客からの「野球とサッカーの試合が観たい」という要望に応《こた》えて壁面に取り付けたテレビが、忙しさに紛れ、つけっぱなしになっていた。

サッカーの試合は既に終了し、トーク番組に変わっている。そのゲストに、この店の常連であり、有名小説家の淡海五朗《ごろう》が出演していた。

「ああ、淡海五朗、この店によく来るんだっけか」

さほど淡海に興味がないのだろう、すぐカウンターに向き直り、白い飯に白菜の漬物を載せ、ワシワシとかきこみながら、涼彦はそう言った。

「うん。家が山の手だからね。でも、仕事でしょっちゅう東京に行ってるみたいだよ」

海里はそう言いながら、画面に見入る。

司会の女性アナウンサーが、穏やかな口調ながら鋭い切り口でゲストの人柄を掘り下げていくことで人気のある番組だ。

話題はまず、淡海が「可愛いもの」に詳しく、十代の少女の気持ちを瑞々《みずみず》しく綴《つづ》った小説を発表したことで、それまで中高年がメインだった客層をうんと広げ、女子高校生に大人気となったことから始まった。

『淡海先生は、失礼ながら独身男性でいらっしゃるのに、女子高校生の心理にああもお詳しいというか、少女の揺れ動く気持ちを理解しておられるのは、いったいどうしてなんでしょう』

探るように問われ、淡海は照れ笑いしながらも、いつもと変わらぬのらりくらりした口調で答える。

『無論、取材はしましたけど、言うなれば、僕の中に女子高生がいたってことですかね。彼女との対話で、小説が出来上がっていったわけです』

『つまり、綿密な取材によって、キャラクターが先生の心の中で鮮明に息づいたということでしょうか。まるで、本物の女の子のように』

『まあ、そのようなことです』

とぼけた笑顔でそう言ってのける淡海を見て、海里は「ったく、先生は」と苦笑いした。

確かに、淡海の言うことは嘘ではなかった。だが、女性キャスターの推測は、正確ではない。

淡海は女子高校生を心に生み出したのではなく、ずっと見守ってくれていた亡き妹の魂を身の内に迎え入れることで、十代少女の気持ちが身をもって理解できるようになったのだ。

彼が亡き妹と自分をモデルにした小説は、リアルでありながら幻想的だと高い評価を得たが、「ほとんど実録なんだよねえ」と淡海はあっけらかんと笑っていたものだ。

そして話題は、淡海が今執筆中の小説の話に移る。

自分がモデルになった小説だけに、海里は思わず片付けの手を止めた。

『前作は、十代の少女が主人公でしたね。そして今お書きになっていて、年末発売予定の新作、第一章だけ先行して拝読致しましたが、二十歳前後の男性が主人公でしたね。しかも、俳優志望とは、また今どきの若者のツボをついた設定じゃないですか』

ドキドキしながら画面を見つめる海里を、ロイドと夏神は微笑ましく見守る。ひとり、淡海の小説に特に興味がない涼彦だけは、黙々と料理を平らげていく。

麻のお洒落《しゃれ》なサマースーツ姿の淡海は、まるで番組を海里が観ていることを知っているかのような意味ありげな笑みを過《よ》ぎらせ、のんびりした口調で応じた。

『そうなんです。純粋に芝居をしたい気持ちで上京してきた青年が、芸能界で道を誤り、どん底に落ち、そこから甦《よみがえ》ってくる。大まかに言えば、そういう話です』

にこやかに話を聞いていた女性アナウンサーは、持ち味の辛辣《しんらつ》さを、そこで発揮してくる。

『でも先生、またもや失礼ながら、拝読した限りでは、舞台もキャラクターも展開も、何と申しますか、わりとよくある設定なのでは？』

「……えらいこと言いよるな、あの司会者」

夏神は自分がその場に居あわせたようにハラハラした様子で呟《つぶや》いたが、当の淡海は少しも動揺することなく『そうですね』とからりと笑った。

『ありふれた題材だということは、お認めになる？』

『小説の題材は、奇抜でなければいけない……なんてことはないんですよ。大昔から、星の数ほどいる小説家が、数え切れない物語を書いてきたんです。たいていの題材は、使い古されたものです。でしょ？』

『それは、そうかもしれませんけれど』

斬りかかったつもりがぬるりとかわされ、女性司会者は微妙に鼻白む。

だが淡海は、相手をやり込めようとするのではなく、まるで軽い世間話をするようなやわらかな調子で話を続けた。

『心が穢《けが》れていくなんてことは、芸能界ではよくある話かもしれません。挫折《ざせつ》と再生も、ありふれたことでしょう。救いが見えず、あてどなく地獄を彷徨《さまよ》う……なんて話のほうが、人生の深淵《しんえん》を描いたように感じられて、文学として深みがあると言われるのかもしれませんねえ。でも、僕はそういうの、求めてないんです。僕の愛するキャラクターには、どんなに弱々しい光でも見つけてほしい。前を向いて、ゆっくりでいいから、休みながら、迷いながらでもいいから、歩き出してほしい。心からそう願ってますから、そういう物語を書きます』

『なんだか、キャラクターというより、お身内に言うみたいな調子ですね』

『勿論《もちろん》、小説のキャラクターはいつだって身内ですよ』

『もしかして、確たるモデルがいらっしゃる？』

『この小説に関して言えば、いますね』

『あらっ。本当ですか？　では、本物の芸能人……あるいは、元芸能人？』

アナウンサーは活気づき、画面を凝視していた海里はギョッとする。

淡海なら迂闊《うかつ》なことは喋《しゃべ》るまいと信じつつも、いったいどこまで「モデル」の話をするものやら、見ているだけしかできない海里は気が気ではない。

まったくの濡《ぬ》れ衣《ぎぬ》とはいえ、大手芸能事務所所属の女優とスキャンダルを起こし、芸能界を追われた海里である。

あまり芸能界の裏事情に詳しくない淡海が無邪気に海里の名を出せば、巻き添えを食って、今後の活動に支障を来しかねない。

そんな海里の心配をよそに、淡海はやはりあっさり答えた。

『まあ、そのような方です。ゆえあって知り合い、幾度も取材をさせていただき、彼にはずいぶん助けられました。彼が語ったことが、小説の背骨のような役割を果たしてくれていますね』

『背骨、ですか。では、小説といっても、ノンフィクションの色が濃いものに仕上がりそうなんでしょうか？』

そう問われて、淡海は鷹揚《おうよう》に笑って否定した。

『僕はルポライターではなく小説家ですからね。モデルになった青年の半生をそのまま書いたわけではありませんよ。あくまでも物語です。けれど、読者さんだけでなく、モデルの青年に対する想いも大いに込めて、今、終盤を執筆中です』

「えっ」

海里は思わず小さな声を上げる。

(俺への想いって、いったい……)

『彼がこの番組を見ているかどうかはわかりませんが……』

そう言って、淡海はテレビカメラをじっと見た。それはまるで、画面の向こうに海里がいることを確信しているような、真剣な顔つきだった。

だが、すぐにいつもの柔和な笑顔に戻った淡海は、女性司会者に向き直り、こう言った。

『人生は水泳みたいなもんだと、モデルになってくれた青年だけでなく、今、頑張っているすべての若者に伝えてあげたいんですよ』

『人生は、水泳のようなもの……ですか？　それはどういう……』

『それをどういうことか、ここで喋っちゃうと、僕が小説を書く意味がなくなっちゃうじゃないですか。そこは、年末の新刊でお確かめください』

『あっ、そうですよね。失礼致しました。人生は水泳……視聴者の皆様も、年末まで、このちょっとミステリアスなフレーズを覚えておいてくださいね。話は変わりまして先生、今、兵庫県芦屋市でひとり暮らしをなさっているとか。あの芦屋、ですよね……』

それきり、話題は淡海の私生活に移ってしまう。

海里は皿を拭《ふ》く手を再び動かしながら、不思議そうに口の中で淡海の言葉を転がした。

「人生は水泳みたいなもの……かあ。あれ、俺に言ってくれたんだろうな、淡海先生」

ロイドも子細らしく頷《うなず》いた。

「きっと、そうでございましょうね。何とも含蓄のあるお言葉ではないですか」

「含蓄ありすぎて、一周回って意味わかんねえ感じだけどな」

海里がそう言ったが、夏神は真面目な面持ちで口を開く。

「ええやないか。年末に発売が決まったんやったら、モデルやねんから、お前はそのうち完成作を読ましてもらえるん違うか？　そん時に、先生の言葉の意味もわかるやろ。楽しみにしとったらええ」

「それはそうだけど、気になるなぁ」

「いったい、何泳ぎなのか、まことに気になりますね！」

「や、そういうこっちゃねえよ」

淡海もかくやのおとぼけを繰り出すロイドに失笑しつつ、海里はいったい「物語の中の自分」が、いったいどんな結末を迎えるのだろうと、先日、途中まで読ませてもらった小説の内容を思い出していた……。

食事を終え、海里の無事を確認して安心したらしい涼彦が帰った後は、パタリと客足が途絶えた。

いつもなら、三人が交代で休憩に入る時間帯だ。

「夏神さん、今日は前半、けっこうバタバタしたから疲れただろ。上で寝てくれば？」

海里はそう声を掛けたが、夏神は首を横に振った。

「いんや。不思議やけど、忙しいときのほうが疲れへん。客待ちしとるときがいちばんしんどいわ」

「あー、なんかわかる、その気持ち」

「せやから、これといって疲れてへんねん。お前ら休みたかったら、上行ってええで。俺はぼちぼち明日《あした》の仕込みでもしよるから」

「だったら俺も手伝う。何しろ、夏神さんよりだいぶ若いから！」

「わたくしはお二方よりいささかお兄さんでございますが、それでも元気いっぱいですよ！」

海里の言葉をさらに受け、ロイドはガッツポーズをしてみせる。

「お兄さんていうより、爺《じい》さんだろ?」

「それはいかに海里様でも酷《ひど》うございますよ。あくまでもお兄さんでございます」

そんないつもの他愛ないじゃれ合いを笑顔で聞き流し、夏神は冷蔵庫から白い紙包みを取り出した。

中から姿を見せたのは、大量の牛肉の切り落としだ。

いちばん大きなフライパンを火にかけると、夏神は敢《あ》えて油を引かずにその牛肉を炒《いた》め始めた。塩は振らず、胡椒《こしょう》だけをたっぷり振り、ニンニクをひとかけ、皮を剝《む》き、半分に切って根元と芽を取り除いただけの状態で牛肉の中に放り込む。

それを見て、ロイドは流れるように大きな寸胴鍋《ずんどうなべ》を持ってきて水を張り始め、海里は大きな袋詰めのタマネギを持ってくる。

いつもは翌日の仕込みは当日になってからするのだが、これだけは別……そう、彼らが作ろうとしているのは、カレーなのだ。

一晩寝かせたほうが断然旨《うま》いので、夏神はいつも前夜のうちに仕込んでおき、それを翌日、朝と開店直前にしっかり火を通してから提供することにしている。

「ロイド、水は鍋《なべ》の半分より下でええで。ああ、そんなもんや」

「かしこまりました。しかし、これでは水が少ないのでは?」

ロイドは不思議そうにしながらも従順に水を止める。その鍋を太い腕で取り上げ、やはり火にかけて、夏神はニッと笑った。

「夏のカレーやからな。冬よりさっぱり、食べやすく仕上げたいねん」

「そういえば、日替わりでカレーって、去年の夏は何故かなかったな」

海里が呟《つぶや》くと、夏神は菜箸《さいばし》でフライパンの中の牛肉を丁寧に解《ほぐ》しながら「せやねん」と頷いた。

「なんでか知らんけど、去年の夏は作らんかったなあ」

「なんでか知らんけどって……あっ、そうだ。事務所の社長が、路頭に迷ったら食べなさいって、レトルトカレーを大量に送ってくれたんだったじゃん！　まかないでそれを食いまくってたから、わざわざ作る気がしなかったんじゃね？」

「それや！　ありがたい親心やけど、あれは参ったな」

「できたら、違うメーカーの奴、混ぜといてほしかったよな。いや、貰《もら》いもんに文句言っちゃいけないんだけど。つか、誰が路頭に迷うんだよ。ったく」

「いやいや、心配性の身内がおるっちゅうんは、ほんまにありがたいもんやで」

海里を窘《たしな》めながら、夏神は足元の戸棚を開け、トマトの水煮の大きな缶を取りだした。

それを、手持ち無沙汰《ぶさた》そうなロイドの前に置いてやる。

「夏のカレーをサッパリさすんは、トマトの適度な水気と酸味や。それ開けて、中身をぐしゃあっと手ェで潰《つぶ》して寄越《よこ》してくれ。鍋にぶち込むから」

「全部でございますか？」

「おう。言うたら水代わりや」

「なるほど。……では、参ります！」

大切な仕事を任されたロイドはたちまち張り切って、引き出しから缶切りを取り出す。家庭用の缶は、最近はすっかりプルトップが主流だが、業務用の缶には、未《いま》だに缶切りを必要とすることが多いのだ。

「タマネギはいつもどおりでいい？　肉が終わったら、そのフライパンで炒めるだろ？」

「そこは冬のカレーと一緒や」

「オッケー。あとは？　人参《にんじん》とジャガイモでいいかな」

「夏は、ジャガイモのモサモサが喉《のど》を通りにくいからな。ジャガイモは省こう」

「ん？　じゃあ、代わりに何入れる？　いわゆるカフェのお洒落《しゃれ》カレーみたいに、夏野菜とか入れてみる？　オクラとか茄子《なす》とかピーマンとかカボチャとか」

海里はそう提案してみたが、夏神は太い眉《まゆ》をハの字にした。どうも、あまり気に入らなかったらしい。

「あれ、旨いか？」

改めてそう問われると、海里も何とも言えない顔で首を傾げる。

「いや、旨いかって言われたら、まずくはないってくらいかな。味云々《うんぬん》っていうより、彩りがいいじゃん」

「どうも俺はピンと来おへん。色はともかく、味がなんやこう、ゴチャゴチャうるさいやろ。炒めて仕上げに載せるだけやったらええけど、一緒に煮込むと、それぞれから出る出汁《だし》がケンカする感じがすんねん」

「あっ、何となくわかる。もっとシンプルに行きたいってことか」

「せや。あとで載せるんも、せいぜい一種類にしたいとこや」

「なるほどねー。シンプルだけど、存在感はあって、さっぱり食えて、煮込んでもいなくならない野菜……っつーと、やっぱこれか」

そう言って海里が冷蔵庫から引っ張り出したのは、大根である。夏神はニヤリと笑って、親指を立てた。

「正解や」

「やった！　けど、夏神さん」

海里が大根を持ったまま、少し気がかりそうな顔をするので、夏神も笑みを引っ込める。

「どないした？」

「いや、今の世の中、気にすることじゃないかもだけど、大根の旬って、冬じゃないの？　夏カレーに大根って、なんか矛盾してるような。いや、現にあるから、勿論《もちろん》使っていいんだろうけどさ」

キコキコと缶を開けながら、ロイドも興味深そうに顔を上げた。

「ほほう。なるほど、野菜の旬ですか。海里様も、そのようなことに気を配られるようにおなりだとは。成長なされましたなあ」

「上から褒めるな。っつか、そういうの、夏神さんは気にしないほう？」

夏神は面白そうに海里に問い返した。

「大根の旬は冬だけか？」

「えっ？　違うの？」

「お前が言うてるんは、秋に種蒔《ま》いて、冬に収穫する大根のことやろ？」

「うん、そう」

「それとは別に、春に種蒔いて、夏に収穫する大根もあるんやで？　まあ、さすがに今はちょっと季節外れやけどな。暖《あった》こうなってからも、大根は採れるんや」

海里は驚いて目をパチパチさせた。

「マジで！　おでんのイメージで、てっきり冬以外はハウスで無理矢理育ててんのかと思ってた」

「そうとは限らん。勿論、甘みがあって柔らこうて旨いんは冬の大根やけど、夏の大根には、辛味があって、しっかりしとるわりに水分が多い。煮てもしっかりした食感とみずみずしさは残るからな。夏のカレーをサッパリさせるにはええもんや」

「なるほどー！　すげー納得した」

普段、あまり細かいことは考えずに料理をしているように見える夏神だが、実は食材の栄養面や味についても、なかなか研究熱心なのだ。

それを再確認して、海里は尊敬の眼差《まなざ》しを師匠に向けた。

「じゃあ、大根は……人参より少し大きめに切るのがいいかな」

夏神は頷《うなず》く。

「せやな。切り方は適当でええ。せやけど、煮る前にしっかりめに下茹《したゆ》でをせんとあかんで」

「下茹で？　なんで？」

「さっきも言うたみたいに、辛味があるやろ。そのまんま入れて煮込みに入ると、どうしても大根のくせが煮汁に出過ぎるんや。せやから、下茹でをせんならん」

「そっか。今日は勉強になるなあ」

嬉《うれ》しそうにそう言いながら、海里は大根をシンクで丁寧に洗って僅《わず》かについた土を落とし、それから大ぶりの輪切りにして、皮を厚めに剝《む》いた。

ロイドは大きな缶を開け、ワイシャツの袖《そで》をまくり上げると、嬉しそうに「えいっ」と両手を缶の中に突っ込んだ。

まるで子供が泥遊びをするように、満面の笑みで、赤い水に浸《つ》かった柔らかなトマトを潰し始める。

「あー、俺もそっちやりたかったな」

海里が笑ってそう言ったとき、傍らで夏神が「ヒッ」と、奇妙な声を出した。

「どしたの？」

菜箸を持ったまま、目を見開いて固まっている夏神の視線を追った海里もやはり、「ギャッ」と悲鳴に似た声を上げた。

「お二方とも、どうなされたので……？」

同じように二人の視線を辿《たど》ったロイドの目が、店の入り口付近に向けられる。

ほかの二人と違って、ロイドの口からは、「おや」と間の抜けた声が出た。しかしその優しい瞳《ひとみ》には、ほんの少しだけ警戒の色がある。

ロイドは汚れた手を缶から引っこ抜くと、指からボトボトと雫《しずく》が床に落ちるのも気に留めず、さりげなく海里を自分の背中で庇《かば》うように立ち、静かに口を開いた。

「これはこれは、フミ様。またお目にかかれるとは、思いもしませんでしたよ」

『……重ね重ね、ごめんなさい』

途方に暮れた顔でペコリと頭を下げたのは、半ば透けた若い女……二日前、人違いで海里の首を絞めて殺そうとした、あのフミと名乗る幽霊だった。

海里はビックリして、思わず不躾《ぶしつけ》に、フミに人差し指を向けてしまう。

「いや、待ってくれよ。なんで消えてないの？」

『だって、消えられなかったんだもの。どうしていいかわからないから、来ちゃった』

半泣きの声でそう言って、フミは当たり前だが、足音ひとつ立てず、店内に入ってくる。

夏神は、困り顔で海里とロイドを見た。

「人違いでも、イガを殺しかけたことで気が済んで、成仏できるっちゅう話と違ったんか？」

さすがのロイドも、この事態には困惑を隠し得ない。盛んに首を捻《ひね》りながら、それでも三人の中ではいちばん平常心を保っているらしく、タオルで手を拭《ふ》きながら言った。

「てっきりそうだと思ったのですが……もしやフミ様、他にまだお心残りがあるのでは？　まだこの世に未練が残っているのではないですか？」

「そうなのか？」

海里も、ロイドから奪い取ったタオルで手を拭き、カウンターにその手をついて身を乗り出す。

フミは、カウンターの前にしょんぼり立ち、曖昧《あいまい》に頷いた。

『あるような……ないような』

「どっちだよ」

『あるにはあるけど、どうしていいのかわからないようなことだから』

夏神は、渋い顔になり、それでも先を促した。

「とにかく、言うてみ？　聞かんことには、ここに来られても、俺らもなんもしてやりようがないし」

「そうだよ。あれから、何かあったのか？」

するとフミは、モジモジと告白した。

『あれから、どうせ消えるなら素敵な思い出が残る場所を歩きながらこの世にさよならしようと思って、この界隈《かいわい》を歩いてたの。彼とお花見をした芦屋川沿いを歩いてみたり、よく二人で朝食べるパンを買った、すぐそこのローゲンマイヤーを覗《のぞ》いてみたり、他にも色々』

「うん。それこそ、安らかに成仏できそうな流れじゃね？」

『私もそう思ってたんだけど……歩いてるうちに、だんだん悔しくなってきて』

「またかよ！」

「またでございますか！」

海里とロイドの口から、ほぼ同時に同じツッコミが発せられる。

フミは、軽く口を尖《とが》らせて弁解めいた口調で訴えた。

『だって、思い出だけじゃ、私がろくでもない最期を迎えたことは帳消しにできないんだもの』

海里は、「は？」と言ったきり絶句し、ロイドは気の毒そうに、しかしハッキリと残酷な事実を告げる。

「そう仰《おつしや》っても、死の経緯は、今さら変えることができませんよ？」

『それはわかってる。だけどほら、幽霊の私が消えるって、もう一度死ぬみたいなものでしょ？』

「左様でございますね」

『だったら二度目の死は、ちゃんと迎えたいの。納得ずくで！』

夏神と海里は、思わず顔を見合わせる。

ロイドは、根気強く問いを重ねた。

「納得ずくとは？」

『何か楽しいことをして、ああ、嬉しいな、いい人生だったな、いいことがちゃんとあったなって実感しながら消えていきたいの。そうしたら、一度目の死がろくでもなかったことは差し引きゼロに近い感じにできるんじゃないかしら。そうしたいと思ったら、全然消えられなくなっちゃった！』

「なるほど」

ロイドは深く頷き、感慨深げに首を振った。

「いやはや、げに恐ろしきはあなた様の『悔しさ』でございますね。それは確かに、強い執着、強い未練でありましょうよ」

海里は両手をカウンターにつき、戸惑いながら問いかけた。

「けどそれ、具体的に何をどうしたいんだ？　乗りかかった船だから、俺たちで手伝えることなら、できる範囲で手を貸すけどさ。なあ、夏神さん」

「せやなあ……」

驚いている間にも、フライパンでは肉がじゅうじゅうと焼けていく。

肉に火が通り、部分的にカリッとした焦げ寸前の焼き色がついたタイミングを、夏神はこんな状況でも見逃さなかった。

「どないなことをしたら、幸せやなあ、ええ人生やったなあと思うて、消えていけそうなんや？」

フミにそう問いかけながら、夏神はフライパンの中身を寸胴鍋《ずんどうなべ》に投入した。

海里はそれを見て、慌ててタマネギの皮を剝き始める。次はそのフライパンでタマネギを炒《いた》めなくてはならないのだ。フミとの話は大切だが、料理のタイミングもまた大切である。

そんな彼らのリアクションに気分を害することなく、フミはカウンターに近づいた。

相変わらず、迷子のような表情は変わらない。

『ホントは、彼ともう一度デートしたいけど……』

「そいつ、他の誰かと結婚してるんだろ？　そりゃちょっとさすがに無理なんじゃ」

『わかってる。だけど、せめて彼との楽しかった思い出を再現する手伝いをしてほしいっていうか……』

そう言って、フミはチラと海里の顔をもの言いたげに見た。その目つきで、海里はうっかりすべてを察してしまう。

「もしかして……俺に代理をやれって？　そのクソ野郎、あ、ごめん、ろくでもねえ元カレの代わりに、楽しかった思い出を再現しろってか？」

『ダメ……？』

「ダメじゃないけど……何するかによるな。昼間のあんたは誰にも見えないから、デートってもなんか不思議な感じになっちまうだろうし、夜は夜で、見える奴と見えない奴がいて、話が余計にややこしいだろ？　具体的に、何したい？」

改めて問われて、フミはうーんと考え込んだ。

『どうせなら、とびきりときめいた思い出の再現がいいなあ。何がいいかな』

「なんかおかしな展開になってきたな」

海里は嘆きながらも、バリバリとタマネギ八個の皮を剝き、ざくざくと大きめに刻み始める。

タマネギは炒めて肉と共に煮込み、明日《あした》、同じ量をもう一度、今度は生のまま鍋に足して、最後に軽く煮る。

とろけてしまったタマネギは、カレーに優しい甘みを与え、シャキシャキした食感を残したタマネギはいいアクセントになるという寸法だ。

ロイドも、念入りに潰《つぶ》したトマト缶を夏神に差し出し、夏神はそれを鍋に投入する。

そんな三人の作業をじっと見ていたフミは、興味をそそられた様子でカウンターにさらに近づいた。

幽霊なので、物理的な障壁は問題にならない。容易にカウンターを越えてきそうなフミに、夏神は穏やかに、けれどピシャリと言った。

「そっからこっちには来たらあかんで。厨房《ちゅうぼう》の中は、料理人の領域やからな」

『あ……す、すみません。ここにいます』

相変わらず、夏神には多少萎縮《いしゅく》した態度を取りつつ、それでもフミは興味津々で寸胴鍋を覗き込んだ。

『何、作ってるんですか？』

少し厳しく言い過ぎたと反省したのだろう、夏神は声音を和らげて教えてやる。

「カレーや。明日の日替わりやねん」

『たくさん作るんだ……』

「カレーの日は、お代わり一杯限り可やからな。飯もようけ炊くし、カレーも山ほど作らなアカン」

『へえ……。たくさん作るカレー、美味《おい》しいんだろうな。小学校のキャンプでみんなで作ったカレーも、凄《すご》く美味しかった。カレー……』

そこで何か思い出したように、フミはしばらく考え込み、そして、『カレー！』と、大きな声を出して手を叩《たた》いた。

三人はビックリして手を止める。おそるおそる口を開いたのは、海里だ。

「カレーがどうした？」

するとフミは、幽霊なので当たり前といえば当たり前なのだが、まったく生気がなかった顔を見違えるほど輝かせて、こう言った。

『彼がいっぺんだけ、私のアパートでカレーを作ってご馳走《ちそう》してくれたことがあったの。

すっごく手早いのに美味しくて、感動したんだった。あれ。あれがもっぺん食べたい！　そうしたら、消えられそうな気がする』

「マジで？　彼氏のカレーを再現しろって……？」

『作って！　料理のプロなら、できるんじゃない？』

「いや……どうかな。見知らぬ誰かの作ったカレーを再現すんのは、なかなか難しそうだぞ。……なあ、夏神さん」

「……せやな」

『でも、食べたい！　あのカレー、もう一度食べたい！』

　弾んだ声でとんだワガママを言い出したフミを前にして、海里と夏神は、突然出現した高いハードルに、文字どおり頭を抱えた……。

「それで？　その元カレが作ってくれたカレーって、どんなの？　具材とか……俺たちが今作ってるのに近い感じ？　まあ、これは大根入ってるから、わりと独創的なほうかもしれねえけど」

海里はタマネギをじゃんじゃん炒めている夏神の傍らに立ち、フミに訊《たず》ねてみた。

彼女の元恋人のカレーを再現するためには、まずはそのカレーについての情報をできるだけ集める必要がある。

『大根？　そんなのは、入ってなかったわ』

「だろうなあ。ええと、まずはどんなときに作ってくれたんだ？」

フミは懐かしそうに、カウンターに両手を置いて鍋を覗《のぞ》き込みながら答えた。

『仕事から帰って、ちょっとだけ休憩のつもりでソファーに横になったら、寝ちゃったことがあったの。いい匂いで目が覚めたら、彼がカレーとナンを作ってくれてた』

海里もカウンターに両腕を置き、フミの近くで話を聞きながら、短い口笛を吹いた。

「ナンまでかよ。そりゃ嬉《うれ》しい思い出だな」

フミは微笑して頷《うなず》く。

『うん。それまでは私が作るばっかりだったけど、その一度だけ、うちにあった食材でパパッと作ってくれたの。ナンの生地をのばして、フライパンで焼くのは、二人でやった。すっごく美味しかったなあ』

「げー。それ、俺たち、思い出補正とも戦わなきゃいけないんじゃねーの」

『思い出補正？』

「嬉しさが味に加点されてるってこと。記憶が美化されて、実際より旨《うま》いって評価になってる可能性が……」

『そんなことない。ホントに美味しかったんだって。……でも、なんかそういうカレーじゃないと思う』

夏神は、強火で短時間に焼き目をつけたタマネギを寸胴鍋に足し、下ゆでした大根をざるに受けながらフミに訊ねた。

「こういうカレー違うて、どういう意味や？　具材か、タイプか」

『両方、かな。それ、このあと、カレールーを入れるんでしょう？』

夏神は頷く。

「せや。何種類かブレンドして入れるようにしとるけど……」

『うち、カレールーはなかったから。使ってないはず』

「カレー粉は？」

『カレー粉はありました。ドライカレーのほうが好きだったので』

「ほな、そっちを使ったんやな。出てきたんは、さらっとしたカレーやったか？」

フミは少し考えてから、曖昧《あいまい》に首を振った。

『そんなことないです。どっちかっていったら、濃厚』

夏神は、大根を鍋《なべ》に入れ、具材の煮え具合をチェックしながら根気よく情報を引き出そうとする。

「濃厚か。どっか、店で似たようなもん食うたこと、あるか？」

『ええと……あっ、そうだ、確か、インド料理屋さんでよく見る感じのアレに似てました』

フミは記憶を上手《うま》くたぐり寄せられたらしい。気力が彼女の存在感に直結しているのか、一段階、透け感が減ったように見える。

「インド料理でしたら、わたしも何度か食したことがございますよ。どれでしょう。ほうれん草が入ったものや、チキンカリーや、あるいは何でしたか、歯ごたえのある豆腐のようなものが入った……」

「それは、パニールだっけ、インドのチーズだろ。んなもん、ありあわせで冷蔵庫に入ってるかよ」

海里は苦笑いでロイドを窘《たしな》めたが、フミは、うーんと唸《うな》りながら言った。

『今挙げてくれたのとは違うんだけど、チキンだった。チキンが入ってて……っていうか、目立った具はチキンだけで、全然からくなくて、まろやかで、ホントに濃厚で、でもどこか爽《さわ》やかさもあって……』

「うんうん。何でも思い出したこと言って？」

海里は優しく促す。フミはなおも考えていたが、一つ頷いてこう付け加えた。

『色が赤っぽかった』

それを聞いた瞬間、海里とロイドは同時にそのカレーの名を口にした。

「バターチキン！」

『あっ、そう、それ！　でも、お店で食べるより美味しかった！』

フミも声を弾ませる。

「そこは思い出補正……」

『じゃないってば！　本当に美味しかったの』

むくれるフミを見ながら、夏神は人参《にんじん》をひとかけ口に入れ、きちんと煮えていることを確かめてから、寸胴鍋《ずんどうなべ》の火をいったん消した。

そして、戸棚からカレールーを三種類取り出し、戻ってきてから、三人に問いかけた。

「俺はあんましインドカレーには詳しゅうないねんけど、バターチキンっちゅうのは、カレーの名前か？」

海里は頷いた。

「俺だって、さほど詳しいことは知らないけど、インドカレーの中でも、指折りにマイルドで、確かにリッチで、子供でも食えるくらいの優しい味の奴。俺はすっげー好き」

「わたしも海里様に食べさせていただき、大好きになりました」

「へえ。っちゅうことは、食うたことない俺は、あんまし役に立てんな。イガ、お前に任せてええか?」

夏神は、紙箱からカレールーを取り出し、まだ封をされたままの状態でポキポキ折りながら、ちょっとガッカリした様子で海里に言った。どうやら、自分がフミのためにカレーを作ってやるつもりでいたらしい。

海里は少し躊躇《ため》いがちに、夏神とフミの顔を交互に見てから頷いた。

「わかった。俺も、本式の作り方は知らねえけど、いっぺんテレビで作ったことがあんだよ。短いコーナーだから、どんな料理でもフードコーディネーターさんが滅茶苦茶《めちゃくちゃ》シンプルなレシピにしてくれるからさ」

「あー、なるほどなあ」

「すっげー簡単で旨かったから、家で作って李英に食わせたりしたんだ。だから何となく、レシピは頭に入ってる。だから」

『あああああ!』

そこでいきなりフミが驚きの声を上げ、さっきのお返しとばかり、海里をビシッと指さす。

『いがらしかいり!』

「……って自己紹介しただろ、最初に」

フミはビックリした顔のままで、突きつけた人差し指を、海里から壁面のテレビに移動させる。

『だって、そんな人がこんなところにいると思わないじゃない！　ホントにあの五十嵐カイリ？　なんか、女優にちょっかい出して干されたとかいう、あの？』

お馴染《なじ》みの冤罪《えんざい》とはいえ、さすがに幽霊に面と向かって言われると、多少傷つく。海里はムスッとした顔で頷いた。

「そうでーす。大手芸能事務所所属の、売り出し中の若手女優に手を出して潰《つぶ》されたことになってる、元芸能人でーす」

『そうなんだ。うちの彼氏、五十嵐カイリに似てるって会社とか客先とかで言われて、髪型とか、ちょっと意識してたのよ。ああ、それなら人違いをしたのも当たり前かも』

「いや、当たり前じゃねーし。そこは激しく反省して。つか、そうなんだ。俺と元カレ、ガチで似てたんだな」

『う……うーん、まあ、雰囲気は。今にして思えば、ちょっとくらいは五十嵐さんのほうがかっこいい、かもよ？』

一般人と比較して、格好良い「かも」レベルの差しかないことに海里は憤ったが、よく考えてみれば、自分も今は一般人なのだと思い直す。

フミのほうも、断片的だった記憶がようやく繋《つな》がってきたらしい。カレーのことを思い出そうとし始めたときに比べれば、表情も声もずっとしっかりしてきた。

『そうだ。彼が言ってた。朝のテレビでバターチキンとナンの作り方を紹介してて、簡単そうだったから作ってみたって。冷蔵庫に、材料がそこそこ揃ってたから、ヨッシャって思ったって言ってた！　あれ、五十嵐さんの番組だったんだ？』

「かもしれないな。俺の番組じゃなく俺の料理コーナーってだけだけど。朝、ガチでそんな料理やってたの、俺が出てた番組くらいだし、レシピはしばらく番組のサイトで見られたから、スマホで調べりゃすぐわかっただろうしな」

海里は同意し、ロイドは目を輝かせる。

「では、海里様。フミ様の恋人がお作りになったというカレーとナンは、海里様のレシピなのでございますね？」

「いや、俺じゃなくて、あくまでフードコーディネーターさんのレシピな。けど、うん、たぶんまだ作れると思う。夏神さん、今、やってみていい？」

夏神は鷹揚《おうよう》に笑って頷《うなず》いた。

「当たり前や。それでこの幽霊のお嬢ちゃんが思い残すことなく消えていけるんやったら、言うことないやないか。鶏肉《とりにく》も、唐揚げ用の予備があるから、使《つこ》たらええ。せや、今、場所空ける。カレールーを入れるんは、あとでええから」

そう言うと、夏神は鍋摑《なべつか》みを両手に嵌《は》め、太い腰に力を込めて、大きな寸胴鍋をコンロから下ろした。海里の料理の邪魔にならない場所に据え、蓋《ふた》をする。

「俺も、何でも手伝うで。言うてくれ」

夏神にそう言われて、海里は嬉《うれ》しさと申し訳なさが入り交じった緊張の面持ちで、

「了解」と敬礼の真似事をしてみせた。

「勿論《もちろん》、わたしもお手伝いを！」

「お前にはガシガシ働いて貰《もら》うに決まってんだろ」

張り切った顔でにじり寄ってくるロイドに、海里は笑って頷いた。エプロンの裾《すそ》を引っ張って気合いを入れ、さっそく夏神とロイドに指示を出す。

「ほんじゃ、二人にはナンを担当してもらおうかな。……フミさん、ナン、すぐできた？　生地をわざわざ寝かせたりとか、ドライイースト使ったりはしてねえよな？　強力粉は？」

そこはまったく逡巡《しゅんじゅん》なく、フミは即答した。

『イーストなんて、うちにはなかった。強力粉もない。普通の小麦粉だけ』

「おっけ。じゃあ、ヨーグルトはあった？　プレーンなやつだけど。それから、はちみつは？」

『朝、プレーンヨーグルトにはちみつをかけて食べてたから、両方あった』

「ますます俺の知ってるレシピでいけそうだ。ロイド、薄力粉を二百グラム量ってくれ。夏神さん、ロイドの量った粉に、サラダオイルを大さじ一ちょい、はちみつも大さじ一、塩をひとつまみ、ヨーグルトをだいたい半カップくらい、それで固かったら牛乳を様子

を見ながらちょい足しして、ベトベトしなくなるまで手でよく捏ねて。最初はボソボソまとまりにくいくらいがちょうどいいから、追加の水分は早まらないでくれよな」

「えらい大雑把やけど、材料を入れる順番とかは考えんでええんか？」

少し心配そうな夏神に、海里は笑って胸を叩《たた》く。

「五十嵐カイリの料理コーナーだぜ？　そんな凝った手順があるわけないじゃん。闇雲にやってよ。イーストを使わないから、本式にはほど遠いんだ。出来上がるのはどのみち、ナンっぽい何かだよ」

「なるほどな。わかった。ほな、任しとけ」

「お任せくださりませ」

ロイドはいそいそと薄力粉の詰まった紙袋と、この厨房《ちゅうぼう》では滅多《めった》に使われないクラシックな秤《はかり》を持ち出してくる。夏神が、大きくて重いボウルを高い棚から出してくるのを見届け、海里はフミに向き直った。

「おっけ。ほんじゃ俺たちは、元カレカレーを再現にかかろっか。とりあえず、作りながら材料のこと、訊《き》いていくから」

『わかった。っていっても、序盤は私、寝ちゃってたからわからないけど』

「うん、まあそのへんはざっくり行こう。まずは鶏肉」

海里は冷蔵庫から、少し余分に仕入れていた大ぶりの鶏もも肉を一枚、取り出してきた。

まな板の上で皮を剝《は》がし、余分な脂を掃除してから、やや大きめの一口大に切り分ける。

何となく、テレビ番組でバターチキンカレーを作った日のことがボンヤリ思い出されて、海里は小さく笑った。

カウンター越しに海里の作業をじっと見ているフミは、不思議そうに問いかける。

『何かおかしい？』

「や、収録んときは、俺、こんなに手際よくなかったなって。鶏の皮をむしり損ねて、途中でびりーんってちぎれて、勢いで吹っ飛んでいったんだよなあ。よくあんなの、平気でオンエアされたよ……」

羞恥《しゅうち》と苦い自己嫌悪が混ざり合うと、人は笑うしかなくなるのかもしれない。

『……ふうん？』

困り気味のリアクションをするフミをよそに、海里はそれを大きくて深さのある、中華鍋のような形状のフライパンに入れた。

『フライパン、熱くしなくていいの？』

「いいのいいの、何しろ五十嵐カイリの料理コーナーだから。シンプルイズベスト！」

そう言いながら、海里は鶏肉の上からタラリとサラダ油を回しかけ、それから土ショウガと、チューブ入りのおろしニンニクを持ってきた。

「このへんはあった？」

『どっちもチューブだったけど、あった』

「おっけ」

海里はおろしニンニクを鍋肌に絞り出し、それから土ショウガを一かけ、皮付きのまますりおろし、同じくフライパンに投入する。

「バターは？」

『勿論、あった。そういうベーシックな食材は、たいていあったわ』

「料理する人だったんだもんな。よしよし、今んとこ、レシピどおりにいけてるし、量もこんなもんだったと思う」

海里は冷蔵庫から出してきたバターを、気前よく切って、フライパンの空いた場所に放り込む。給食で出されたようなバターの小さな包みで換算すれば、三、四個くらいだろうか。けっこうな量である。

『そんなに入れちゃうの？　あ、でも、確かに翌日、トーストにつけようと思ったら、凄《すご》くバターが減っててビックリしたの、思い出した』

「でしょ？　バターチキンっていうくらいだから、バターとチキンなんだよ」

そう言いながら、海里は軽やかに次の材料を入れにかかる。

「カレー粉を……うーん、まずは大さじ二、いやもうちょっと入れようかな。あとは、味付けは最後にチェックするから、塩胡椒《しおこしょう》をこの時点では適当に」

本当に適当に鶏肉の上から軽く塩胡椒を振ると、そこでようやく海里はガスコンロの火を点《つ》けた。

フライパンが熱せられ、熱くなった油に触れている食材が、ジュワジュワと景気のいい音を立て始める。ニンニクと生姜《しょうが》のいい香りが、ふわっと立ち上った。

「なんや、インド料理っちゅうより、中華みたいな匂いがすんな」

大きな手で生地を捏ね始めた夏神が、ふんふんと鹿のように鼻をうごめかせる。

「確かに。でも、すぐにカレー粉が香り始めるから、インドになるよ」

そう言って、海里は木べらでフライパンの中身を大きく混ぜ、鶏肉にまんべんなく焼き色がつくようにした。

確かに、鶏肉の上に小山のように載せられていたカレー粉が油に触れるなり、一気にカレーらしいスパイシーな香りが立ち上る。

「ざっと火を通せばいいから……ええと、タマネギ、コンソメ顆粒《かりゅう》かキューブ、トマト水煮缶……は、あった？」

フミは少し考えて頷く。

『あった。トマトの水煮缶を一つ、確かに使った形跡があったわ』

「よっしゃ」

海里はタマネギを半分切り、それを手持ち無沙汰《ぶさた》なロイドに差し出した。

「ナン班に頼んで悪いけど、これ、すり下ろしてくれ。俺じゃ涙目になっちゃうからさ」

大事な任務を任され、ロイドは胸を張ってタマネギを受け取る。

「ああ、人間というのは不便なものでございますなあ。眼鏡は、タマネギをおろすことくらいで泣いたり致しませんよ」

そう言って胸を張ったロイドは、おろし金で、やけにエレガントにタマネギをおろし始める。

「言ってろ」

呆《あき》れ顔でそう言うと、海里はさっきロイドが開けていた業務用ではなく、家庭用の小さなトマト水煮缶を探し出してきて、中身をフライパンにすべて空けた。

熱い鍋肌《なべはだ》に当たった水分が、たちまちジュワジュワ音を立て、湯気を立ち上らせる。

そこに海里は、コンソメキューブを一つと、ロイドがおろしたタマネギをすべて入れ、木べらを鍋に垂直に立てて、柔らかなトマトをざくざくと潰《つぶ》してしまった。

ほどなく、フライパンの中身がグツグツと沸騰し始める。そこで海里は火を弱め、焦げ付かないように鍋底からこそげるように中身を混ぜつつ、「こっからが問題なんだよな」と呟《つぶや》いた。

惚《ほ》れ惚《ぼ》れと海里の手際を見守っていたフミは、不思議そうに小首を傾げる。

『彼が作ってたの、確かにそんな感じだった。でも、何が問題なの？』

海里は木べらを持ったまま、器用に腕組みする。

「うーん。この時点では、旨《うま》そうだけどただのトマトカレーだろ。もうちょっと煮詰めたら、これをバターチキンっぽく持っていかなきゃいけないいんだけど……」

『何か、特別なものを使うの？』

「んー、ちょっと家庭に常備されてなさそうなものばっかかなんだよな、仕上げ材料。だから、最後の段階で、元カレがレシピをアレンジしたんじゃないかと」

『何を使うの？』

海里は躊躇《ためら》いながら言った。

「まず、生クリーム」

確かに、一般家庭に常備されてはいないアイテムだ。だがフミは、あっさりこう言った。

『あった』

「へ？　なんで？」

『前の晩に、カルボナーラを作ったの。邪道かもだけど、ちょっと生クリームを使うと、美味《おい》しくなるから。その残りが、パック半分以上はあったんじゃないかな』

海里はしめたと言わんばかりに指をパチンと鳴らした。

「完璧《かんぺき》！　そんだけありゃ、どうにかなる。ここに残ってるのも、そのくらいじゃないかな。なあ、夏神さん？」

慎重にナンの生地を捏《こ》ねたり伸ばしてまとめたりしながら、夏神は冷蔵庫のほうに顎《あご》をしゃくった。

「昨日、俺がカボチャの冷たいスープを作って、上にたらっと掛けただけやから、もっと残っとると思うで？」

「そっか。でも、今回はフミさんの元カレに合わせるべく、パック半分ちょいくらい使ってみよう。あとの材料は……どうかなあ。カシューナッツか、ピーナッツ、それかピーナッツバター。どれかない？」

するとフミは、申し訳なさそうにただでさえ貧弱な肩をすぼめた。

『どれもない』

「ないかぁ」

『カシューナッツはさすがに買わないし、私、軽いピーナツアレルギーだったから』

「あー、そりゃダメだ」

『ピーナツやカシューナッツなんて入れるの？』

海里は頷《うなず》いた。

「フードコーディネーターさんの受け売りだけどさ、インドのカレーって、よくカシューナッツを磨《す》り潰した奴で、コクを出すんだって。でもそんなのめんどくさいから、番組では代わりにって、ピーナツバターを使ったんだ。入れるのと入れないのとじゃ、仕上がりの旨さが全然違うから、入れたかったんだけどな」

『もう死んじゃってるから、入れても大丈夫だとは思うけど……』

「けど、彼氏の作ったカレーとは違ったものになっちまうからなあ。あるものを代わりに使ったか、何も入れなかったか……」

フミは元恋人が作ったカレーの味を思い出すように、しばらく目をつぶって考え込んでいたが、やがて、やや曖昧《あいまい》だが迷いながらこう言った。

『確かに、何かナッツ系っていうか、種系っていうか、その手の香ばしい感じの味はした……ような気がする』

「マジか〜。何入れたのかな」

海里は調味料置き場に立ち、色々な形や材質の容器に入った様々な調味料を慎重に見回した。

だが、ピーナッツバターやナッツの代わりになるようなものは見当たらない。

冷蔵庫を開け、扉に並ぶ調味料もチェックしてみたが、どうにもピンとこない。

「うーん。香ばしい味がつけられるもの。ナッツ系か、種系。何があるかな」

悩む海里に、再び暇になったロイドが声をかけた。

「それはそうとして、海里様。こちらの生地が、ずいぶん滑らかに仕上がったようでございますが」

「あっ、そうだ。ナン！　それ、四等分くらいでいいか。ナンっぽい形に薄く伸ばして、フライパンにバターを溶かして、中火で両面、焼いちゃって。蓋《ふた》をしたほうが、しっとりフワッと仕上がる」

海里は、かつて自分が教えられたように、この先の手順を伝える。

「では、伸ばすのはわたしが！　焼くのは夏神様にお任せ致します」

「おう、そうしよか」

夏神はそう言って生地をロイドに託し、シンクで手を洗った。そして、タオルで手を拭《ふ》きながら、海里に声を掛けた。

「チラチラ作業見ながら、話も聞いとったんやけど、毎日料理する人が家に置いとるようなもんで、ナッツの代わりになるもんを探してるんやて？」

海里はお手上げというように、両手を軽く持ち上げてみせた。

「そ。何かこう、香ばしさを追加できるような奴。ピーナツバターがベストだ、凄《すげ》ぇ！って思ったから、他のものが咄嗟《とっさ》に思いつかなくてさ」

「せやけど、フミさんの彼氏は思いついたわけや」

「そう言われると、なんか悔しいな」

生来負けず嫌いの海里は、若干むくれた顔つきで、ふつふつと煮えている鍋をよく掻《か》き混ぜてから、調味料置き場に戻ってきた。

「香ばしいっていえば中華食材にありがちっぽいけど、なんか違う気がするしな。うーん。香ばしい、香ばしい……」

夏神が、黙ってフライパンの中身を掻き混ぜる作業を引き受けてくれたので、海里は落ちついて、調味料をもう一度一つずつ見直していく。

やがて彼は、たくさんの調味料の中から太めの缶を抜き出し、「これを使ってみるか！」と、決意を込めて呟いた。

それからものの十分ほどで、海里曰《いわ》くの「バターチキンっぽい何か」と、「ナンっぽい何か」が出来上がった。

海里はそれを器と皿に盛りつけ、カウンター席に並べる。

「どうぞ、お嬢様」

ロイドは恭しく椅子を引き、フミは戸惑いながらもカウンター席に座った。

思い出の味との再会に気持ちが昂《たか》ぶっているのか、途方に暮れてこの店に来たときとは、格段の存在感だ。まるで生き返ったのではないかと思うほどだが、よく見れば、やはり微妙に向こう側が透けて見える。

海里はカウンター越しにフミの真ん前に立ち、「召し上がれ！」と言った。

平静を装ってはいるが、不安と期待で声が微妙に上擦っている。夏神とロイドも、若干前のめりでフミを見守った。

『じゃあ……いただきます』

フミもまた幾分不安げに両手を合わせると、そっとナンに触れた。

『触れる……！』

フミの唇から、喜びの声が上がる。傍らに控えるロイドが、静かに囁《ささや》いた。

「懐かしい、大切な思い出の味を再び口にしたいという強い想いが、奇跡を起こしているのでございますよ」

『……嬉《うれ》しい。ほんとに、いただきます』

もう一度挨拶《あいさつ》をして、フミは勢いよくナンをちぎった。

ふくらし粉やイーストを使わない代わりに、バターで香ばしさを、蓋をすることで水分を補った即席ナンは、本式のナンと比ぶべくもないとはいえ、綺麗《きれい》に焼き目がつき、十分に美味しそうだ。

大きめにちぎったそれをカレーに潜らせ、たっぷりとまとわせてから、彼女は意を決したように、それを頬張った。

緊張の面持ちでいくどか咀嚼《そしやく》して、フミは動きを止める。その血の気のない頬に、満足げな笑みが広がった。

『これ！　この味！　彼が作ってくれたのと、同じ味だわ』

「ふー、マジか！　よかったぁ」

海里は胸を撫《な》で下ろし、夏神とロイドも笑みを交わす。フミは、添えられたスプーンでカレーだけをもう一口味わい、それから海里を見た。

『ピーナツバターの代わりに、いったい何を入れたの？　確かにこの味だけど、何の味だかわからない』

すると海里は、悪戯《いたずら》っぽく笑い、後ろ手に隠していたくだんの缶をフミの鼻先に突き出した。

「じゃじゃーん！　実は、これでした！」

海里の手の中にあるのは、「練り胡麻《ごま》」である。いわゆる、香ばしく炒《い》った白ごまを丹念に磨り潰《つぶ》し、ペースト状にしたものだ。

「これは……ちなみに、フミさんちにあった？」

フミはにっこりして頷く。

『あった。使いかけのまま、冷蔵庫にずっとあったわ。いっぺんだけ、胡麻豆腐を自分で作ってみたの。美味《おい》しかったけど、何となくそれきり』

「なるほど。彼氏のために、一生懸命あれこれ作ってたんだな」

海里はしんみりとそう言った。フミは、少し訝《いぶか》しげに海里を見る。

『でも、それだけは、どうして入れる前に、私の家にあるかどうか訊《き》かなかったの？』

海里は少し決まり悪そうに缶を調理台の上に置く。

「一から十まであるかどうか確認してたら、子供の使いみたいだなと思って。決め手になる味の一種類くらいは、俺の勘に賭《か》けてみたくなったんだ」

『外れてたら、どうするつもりだったのよ？』

「それはそのとき。でも、当たってただろ？　これで、気が済んだ？」

『うん』

海里の問いかけに、フミは頷《うなず》き、そっとスプーンを置く。

夏神とロイドは、静かにそんなフミの様子を見守った。

これまで、この店で「最後の晩ごはん」を食べた幽霊たちは、皆、晴れ晴れとした顔で消えていった。

フミもまた、全身が少しずつ薄らいでいき、気配が儚《はかな》くなり、そして三人が見守る前で……消えなかった。

姿が極限まで薄れたのは一瞬で、今はまた、ここに来たときくらいの透け具合に戻ってしまっている。

お別れを言う気満々だった海里は大脱力して、思わずカウンターに顔を伏せた。

「ちょ……何!? 消えるんじゃなかったのかよ!?」

夏神とロイドも、思いきり肩すかしを食って、啞然《あぜん》としている。

だがフミは、狼狽《うろた》えながらも小声で言った。

『私だって、これで消えられると思ったのに、カレーの味のせいで、うっかり悔しいことを思い出しちゃったんだもん』

「またか！」

今度こそ、三人の声が綺麗にシンクロする。そのままの勢いで、海里は上擦った非難の声を上げた。

「今度は何が悔しいんだよ!?」

するとフミは、憤然として言い返した。

『めんどくさい女だと思ってるでしょ！』

「や、多少は思ってもしょうがなくね？　で、何だよ、今度は」

さすがに若干非難の響きがある海里の問いかけに、フミはモジモジしながらこう答えた。

『花火』

「花火が、何？」

『そのカレーを食べながらね、彼と約束したの。花火大会……ええと、「芦屋サマーカーニバル花火大会」っていうんだっけ。それを一緒に見にいこうって。一緒にかき氷を食べながら、打ち上げ花火を見ようって、約束したのよ。それなのに、絶対、私が死んだ後、そんな約束なんか綺麗さっぱり忘れて、きっと婚約者か、他の女の子と行ったんだわ。そう思ったら、また猛烈に悔しくなってきちゃった』

「あああああ」

海里はカウンターをバシバシと平手で叩《たた》いてから、ゲンナリした顔をフミに向ける。

「その花火大会、この週末じゃん。もう、毒を食らわば皿までな感じで、俺とデートする？　かき氷食って、花火見る？」

もはや投げやり極まりない誘い方であったが、フミはそれでも目を輝かせた。

『いいの？　彼の代わりに、行けなかった花火、一緒に見てくれる？』

心底嬉しそうな、まるで十代の少女のような顔で問われて、海里はチラと夏神とロイドを見た。二人とも、やれやれといった顔つきで、それでも行ってやれと言わんばかりに頷いてみせる。

「乗りかかった船って言っただろ？　フミさんが無事に消えてくのを見届けないと、気になってしょうがないよ」

そう言った海里は、少し心配そうにフミに問いかける。

「とはいえ、土曜まで無事にこの世に留《とど》まれる？　なんかさっきも油断したらすうっと消えそうになってたけど、消えずに、また人違いで人を襲ったりもせずに、ちゃんと待てる？」

幼い子供に留守番させる親のような口調で訊《たず》ねる海里に、フミは神妙に姿勢を正して頷く。

『頑張る。土曜日まで、死んでもこのままの私でいる！……あ、もう死んでた』

「……ぶッ」

あまりにもあっけらかんとしたブラックジョーク、しかも本人はいたく真面目に言ったそんな台詞《せりふ》に、海里はつい噴き出してしまう。

夏神も思いきり気抜けした顔で笑いながら、「ほな、お客さんも来んことやし、もう店閉めて、俺らもカレーとナンのお相伴しよか」と言った……。

＊　　　＊

そして、その週の土曜日、午後七時五十分。

夏の長い日もようやく暮れ、すっかり暗くなって、ドーンという音と共に、最初の花火が打ち上がった。

それを店内で聞いてから、海里は、約束どおり姿を現したフミと連れ立って店を出た。

今日もしっかり蒸し暑い。日が落ちても、心地よい風などそよとも吹いていない。

「うあー、たまんねえな」

ぼやきながら、海里は店の前の道路を渡り、河川敷に下りる階段へと向かう。

どうやって花火の会場までたどり着くか、海里はずっと夏神と検討を重ねてきた。

昼間はどうやら人の目には見えないフミだが、夜になると、見える人には見えてしまう。

しかも、生者とまったく区別がつかないならまだしも、全身が半ば透けているので、一目瞭然《りょうぜん》だ。彼女が幽霊であることは、「見える」人には一目瞭然だ。

加えて、その幽霊と歩いているのが、あの「五十嵐カイリ」だとばれたら、どうにも具合が悪い。下手をすると、妙な騒ぎになってしまうかもしれない。

花火の序盤を見損ねるのは残念だが、花火が始まり、道路を往来する人の数が少なくなってから、密《ひそ》やかに会場へ向かうのがいいだろう。

皆が花火に集中している時間帯だけ観覧ゾーンに紛れ込み、花火が終了する前に引き上げてくれれば、いちばんスムーズ、かつ人目につかず行き来できるはずだ。

それが、海里と夏神が知恵を絞って考え出した「花火鑑賞プラン」だった。

花火は、「芦屋サマーカーニバル」という、七月第四週に開かれる一大イベントのフィナーレを飾る行事だ。

花火は四十五分で約五千発ほど、「ばんめし屋」からさらに南へ下った潮《しお》芦屋ビーチ西側で打ち上げられる。

潮芦屋ビーチは、芦屋市南側の埋め立て地である、芦屋市総合公園内に造成された、美しいアーチを描く人工の砂浜だ。

かつては有名であった美しい砂浜が、高度成長期に無残に埋め立てられたことを惜しみ、当時のイメージを再現して造られたビーチは、今、市民の憩いの場となっている。

今日はそこにお祭り会場が設《しつら》えられ、花火の有料・無料観覧席や、露店、イベントゾーンなどに分けられているはずだ。

「さて、隠密《おんみつ》行動で行きますか」

河川敷に下りた海里は、暗がりを透かすようにフミの顔を見て、屈託なく笑った。

店の前を歩く人はまだそこそこいるが、河川敷に下りて浜を目指す人は、思ったより多くない。夏神と海里の予想が上手《うま》く当たったというわけだ。

フミは出会ったときと同じワンピース姿だが、海里はせっかく花火を見るのだからと、通販で買った甚平《じんべい》姿である。

『私も、浴衣《ゆかた》が着られたらよかったのに！』

残念そうにそう言うフミに、海里は真顔で釘《くぎ》を刺した。

「頼むから、浴衣が着られないのが悔しくて消えられない、とか言うのはナシにしてくれよ。これ以上、『悔しい』を増やさないように！」

『はーい』

先生に叱られた小学生のような返事をして、それでもフミはいそいそと海里に寄り添って歩く。

『ねえ、花火、見えてるね』

浜までは距離があるが、切れ切れの音楽と共に、景気のいい音が聞こえ、赤や白や緑といった、色とりどりの花火が夜空を彩っている。

海里が調べたところでは、ＢＧＭや効果音に合わせて花火が上がるらしいので、会場に到着すれば、音と花火がコラボレーションした、もっとドラマチックな演出を楽しむことができるのだろう。

「会場に行ったら、有料でも無料でもいいから、あんま目立たない場所に陣取って、花火を満喫しながら、かき氷を食べよう。それで、心残りは解消だろ？」

『たぶん』

「たぶん!?」

『うそうそ。大丈夫。今度こそ消えるから、心配しないで』

暗がりで、フミはクスクス笑う。

何だか本当に、恋人と初デートをしているような気持ちになってきて、海里は妙に照れつつ、フミに寄り添って、緩い下り坂を海へと向かった。

ところが、国道四十三号線の下をくぐって少し行ったあたりで、フミはピタリと足を止めた。

数歩行ってからそれに気付いた海里は、立ち止まって怪訝《けげん》そうに振り返る。

「フミさん？」

さっきまで子供のようにはしゃいでいたフミは、酷《ひど》く悲しそうな顔で突っ立っている。

「フミさん、どした？ もたもたしてると、花火、終わっちゃうよ。……あ、もしかして」

海里の推測を肯定するように、フミは残念そうに小さな声で言った。

『だめ。これ以上、行けない。ここから一歩も進めないわ』

「くっそ。幽霊の行動半径、まさかのそこまでかよ。海は、すぐ近くだってのに！」

悔しがる海里をむしろ慰めるような口調で、フミは静かに微笑んだ。

『大丈夫。ここからでも、花火、見えるよ』

「全部じゃないだろ。まだちょっと遠いし」

『いい。ここで静かに見る花火も、悪くないって。静かでいいじゃない』

フミはそう言うと、河川敷の段差にそっと腰を下ろした。

周囲には、理由は違うが、同じように人混みを避け、敢《あ》えて河川敷や、川に掛かる橋の上から花火を見ている人々のシルエットがちらほら見える。

「……まあ、それもアリか」

仕方なく、海里もフミの隣に腰を下ろした。

事前に、どの観覧席ならいちばんフミが人目を気にせず楽しめるだろうかと、あれこれリサーチしていたのがすべて無駄になってしまい、海里は少なからずガッカリしていた。

おかげで、部分的に見える大輪の花火にも、何となく盛り上がれない気持ちになってしまっている。

そんな海里とは対照的に、フミはニコニコ顔で花火を見上げ、軽い調子でこう言った。

『かき氷、食べ損ねたのだけは残念だけど、仕方ないよね。それは諦《あきら》められそう』

「……そうだよ！　かき氷！」

海里はすっくと立ち上がった。フミは、慌てて海里を制止しようとする。

『いいよ、大丈夫！　そのくらいは、ホントに平気だから。諦められるから』

だが海里は、きっぱりと言った。

「ダメだよ。俺、フミさんの心残りを解消させてやるって心に決めてんだから。どうせなら、全部やりたかったこと、やろう。俺、ゲットしてくるから！」

そう言うなり、海里は走り出した。

それはもう、フミのためというより、海里自身の意地だったのかもしれない。

それでも彼は心から、フミに「花火を見ながらかき氷を食べる」という、人生最後のささやかな望みを、欠けることなく叶《かな》えてやりたいと思ったのだ。

（絶対に……絶対に、花火が終わる前に、フミさんにかき氷を食わせる！）

固い決意で、海里は全速力で走った。向かった先は、サマーカーニバル会場……ではなく、「ばんめし屋」である。

カーニバル会場内は、どこであろうと酷い混雑だろう。人混みを掻《か》き分け、かき氷を買うのにも、フミのもとに戻るのにも、きっと致命的に時間がかかるに違いない。

それならば、比較的速やかにかき氷を手に入れられる「自宅」へ向かったほうが早いと、彼は咄嗟《とっさ》に判断した。

茶の間の窓から身を乗り出し、かろうじて僅《わず》かに見える花火を見ていた夏神とロイドは、突然血相を変えて帰ってきた海里に、酷く驚いた。

しかも、息を乱し、汗だくになった海里は「かき氷！　作って、今すぐ！」と叫ぶなり、畳の上にへたり込んだのである。

それが、フミに食べさせるためのかき氷であることを、夏神はすぐに察した。

だからこそ、彼は「今すぐ氷持ってこい！」とロイドに命じると、自分は先日買ったばかりのかき氷メーカーを持ってきて、卓袱《ちゃぶ》台《だい》に据えた。

それから、「飲みさしやけど」と、ペットボトルの水を海里に差し出す。

半分ほど残っていた水をごくごくと一息に飲み干してから、海里はようやく、フミが河川敷で、それ以上南へ進めなくなってしまったこと、仕方なくそこで花火を見ているので、せめてそこでかき氷を食べさせてやりたいことを説明した。

「そういうことか。……ほな、大馬力やな。ええから、お前は休んどれ。氷ができたら、またあの子んとこにダッシュで戻らんとアカンのやから」

決意をこめてそう言うと、夏神は、冷蔵庫の氷をボウルいっぱい持ってきたロイドに、「ついでにスープジャーと、かき氷のシロップも持ってこい」と命じ、自分はかき氷メーカーに、氷をざらざらと詰め込んだ。

適当な器をセットし、夏神は猛然とかき氷メーカーのハンドルを回し始める。

ガリガリと凄《すご》い音がして、四角いお馴《な》染《じ》みの氷が、ふわふわのかき氷に変わっていく。

「お持ち致しました！」

ロイドが卓袱台の上に置いたのは、蓋《ふた》を外した、魔法瓶構造のスープジャーだった。

メーカーでかいた氷を、夏神はスープジャーに、ふんわり感が失われないよう、それでも可能な限りみっしりと詰め込んでいく。

ロイドが持ってきたイチゴ味のシロップを氷にかけ、ボリュームが減ったところにまたかき氷を足して、シロップをかける。

そうやって完成したかき氷を、ジャーの蓋を閉めることでしっかり冷たさをキープし、スプーンを添えて海里に差し出す。

ようやく呼吸が整い始めていた海里は、疲れた足に力を込め、すっくと立ち上がった。

「ありがと、夏神さん、ロイド。行ってくる！」

「いってらっしゃいませ！」

ロイドは弾んだ声を上げ、夏神はニヤッと笑って片手を上げる。

「頼むから、連れて帰ってくんなや」

「頑張る！」

そう言い残し、海里はスープジャーをしっかり持つと、弾丸のように茶の間を駆け出していく。

階段を転げるように駆け下りる凄《すさ》まじい足音に、夏神は思わずロイドを見て、ホロリと笑った。

「あいつ、滅《め》茶《ちゃ》苦《く》茶《ちゃ》甲《か》斐《い》甲《が》斐《い》しいやないか」

ロイドも、ニッコリ笑って、窓に近づく。

「はい。まるで、フミ様の本当の恋人のようでございますね。フミ様も、海里様のような方に出会っていれば、命を落とさずに済んだのでしょうに」

「……せやなあ」

切なげにそう言い、二人は二階の窓から、再び河川敷に向かって疾走する海里の姿を見守ったのだった。

ボーン……！　パリパリン……！

花火の打ち上げ音は盛んに聞こえてくるが、見えるのはほんの一部だけだ。

それでもまだ花火大会が終わっていないことに安堵《あんど》して、海里は暗がりに幾度も足を取られながらも、河川敷を走り続けた。

フミは、さっきと同じ場所にぽつねんと座り、花火をじっと見上げていた。

「フミさん！　かき氷！」

海里はゼエハアと肩で息をしながらも、フミにスープジャーの蓋を開け、スプーンを添えて差し出した。

フミは、ビックリした様子で海里の顔とかき氷が入ったスープジャーを見比べる。

『五十嵐さん、これ、買った奴じゃなくて……』

「夏神さんにガリガリかいてもらった。シロップは、ロイドがじゃぶじゃぶに気前よく掛けてた。きっと、買った奴より全然旨《うま》いよ。食べて」

海里は荒い息の合間に、そう言ってフミを急《せ》かす。

フミは泣きそうな顔をしたが、こっくり頷《うなず》くと、スプーンでしゃくしゃくと氷を解《ほぐ》し、こんもり山になるほどすくって、口の中に入れた。

『甘い。冷たい。……嘘臭いイチゴ味』

そんな身も蓋もない感想に、海里は手の甲で額の汗を拭《ふ》きながら、さすがに不満そうな顔になった。

「ちょ、それはなくない？」

だがフミは、最高の笑顔で言い返した。

『どうして？　最高だって意味よ。花火を見て、かき氷食べて、はあ、それって、こんなに素敵なデートだったんだ。……知らないまま、あの世に行かなくてよかった。彼は酷《ひど》い人だったけど、彼のおかげで、五十嵐さんや、夏神さんや、ロイドさんに出会えた。……それは、悔しいことじゃない。嬉《うれ》しいこと』

「フミさん……」

言葉に詰まる海里に、フミは晴れやかに笑ってこう言った。

『無駄に死んじゃったことに変わりはないから、その悔しさは消せないんだろうけど……でも、五十嵐さんたちに最後に出会えてよかった気持ちが、ホントにその悔しさを帳消しにしてくれた。……バターチキン、美味《おい》しかった。ナン、美味しかった』

「……うん」

『花火は綺麗《きれい》で、一緒に見られて、私のためにそんなに必死になって、かき氷も用意してくれた。幸せだ、って言えるわ』

「……ほんとに？」

『ほんと。だから……だいじょうぶ。あ、でも……』

「まだ何かあるのかよ⁉」

胸がいっぱいになりかけていた海里は、フミの再びの「でも」に血相を変える。

だがフミは、いたずらっ子のような顔で、スプーンいっぱいにかき氷を掬《すく》った。それを、海里の口元に差し出す。

『いっぺんくらい、やってみたかったの。「あーん」って』

「ぐえ」

『付き合ってくれるんでしょう？　はい、あーん』

「う……うう、あーん……」

渋々、要求に従った海里の口に、冷えたスプーンと甘いかき氷が突っ込まれる。

『どう？』

「……甘い、冷たい……嘘臭い味」

『それ、さっきの私の真似じゃない』

「……だって、ホントだった」

『そうでしょう？　でも、美味しいね』

「旨いな」

海里が照れて頷くと、海里以上に照れ臭そうな顔をして、フミはふふっと笑った。

それはこの上なく幸せそうな、幼子のような笑顔だった。

海里が何か言おうとしたとき、フミの姿が、嘘のように急激に薄くなり、フッと闇に消えてしまう。

フミが持っていたスプーンとスープジャーが、コンクリートの上に落ち、耳障りな音を立てた。

「フミさん！」

思わず手を伸ばした海里の指先は、虚《むな》しく宙を摑《つか》む。

その拳の向こうで、フィナーレの金色の花火が次々と夜空に弾《はじ》け、雨のような長い光の糸を描きながら、やがて静かに消えていった……。

「今度こそ、行っちゃったのか」

安堵と、ほんの少しの寂しさが胸を過《よ》ぎり、海里は細く長い息を吐く。

(まさか、幽霊と花火デートするとは思わなかったな……)

海里はスープジャーを拾い上げ、直接口をつけて、かき氷を口の中へ流し込んだ。

(シロップかけ過ぎだよ、ロイド)

甘い、ケミカルなイチゴシロップの味は、子供の頃に食べたものと少しも変わらない。

これまでは子供時代の思い出とだけ結びついていたかき氷だが、これからは、このフレイバーを味わうたび、海里は人騒がせな幽霊の、はにかんだ笑顔を思い出すのだろう。

花火が終わり、早めに引き上げてきた人々が、川沿いの道をぞろぞろと駅のほうへ歩いていく。

その人波を見上げ、海里はゆっくりと腰を浮かせた。

そして、心の中でフミに別れを告げ、夏神とロイドが待つ「ばんめし屋」に向かって、ゆっくりと歩き出したのだった……。

エピローグ

ハーイ！　こんばんは、みんな。「ディッシー！」でお馴染《なじ》み、朝のお料理お兄さんこと五十嵐カイリです！

またまた登場しちゃいました。なんと、今週も俺です。

ああ、だからって、あんまトモのこと心配しないでね。トモ、こっぴどい風邪から、だいぶ復活してきたって。

俺、ついさっき、番組始める前に電話で喋《しゃべ》ってきたからね。大丈夫。声は出るようになったんだけど、まだすぐ咳《せき》が出るんだって。

勿論《もちろん》、ラジオで咳き込んだからって、リスナーのみんなに風邪がうつるわけじゃないけど、やっぱ心配かけちゃうもんね。

だから、もう一週間だけ、休みをやって。

でもって今週は、これからの一時間、また俺と楽しく過ごしましょー。

ってなわけで、トモを応援すべく、あいつの歌を一曲お届けしたところで、今週も、リスナーさんからのメールでお悩み相談室〜！　行くよ〜。

　まずは一通目！　埼玉県所沢《ところざわ》市にお住まいの、ラジオネーム「トモ君大好きだけど、海里君もなかなかいいね」さんから。

　おおおー、わりと偉そうに褒めてくれてありがとう！

　けど、さすがに長いな。どう略せばいいのかな、この人の名前。

　うん、そうだ。「トモ君いいね」さんでいこう。ここはトモ上げでね。

「トモ君、こんばんは！」

　こんばんは！　今週も、トモの代理のカイリです。

「私は中三女子です」

　おっ、中学生。義務教育ワールドからいらっしゃいませ！　なになに……。

「来年、中学三年間、ずっと同じクラスだった親友と、別々の高校に行くことになりました。私は凄《すご》く寂しいけど、親友は、ＬＩＮＥも電話もあるから大丈夫だよって平気そうです。もしかして、親友だって思って、大好きだったのは私だけなのかな。あっちはそうでもないのかな。そう思ったら、凄く苦しいです。私、忘れられちゃうのかな。不安です。トモ君には親友はいますか？」

　ああー、今週もお悩みがヘヴィー！

　ディレクターさんが、わざと難しい質問ばっか選んでるんじゃないかって、疑っちゃうよね。

そうだなあ。

トモ君の親友は、俺でーす！　なんてね。

まあ、同じミュージカルに出てたんだから、俺たちは親友ってか、まあ、戦友？　そんな感じかな。

「トモ君いいね」さん的には、親友が自分のことを同じくらい好きでいてくれるかどうかわかんなくて不安、そんな感じなんだよね？

自分が親友を好きなのと同じだけ、相手にも自分を好きでいてほしいわけだ。

うーん。きっついこと言うけど、それを期待しちゃいけないんじゃないかな。

そもそもさ、親友って何？

親しい友だちって書くけど、親しいからこそ友だちなんじゃね？

親友って、考えてみたら変な言葉だよな。

あっ、あっちでディレクターさんが辞書引いてくれてる。何て書いてあった？

親友ってのは、互いに信頼し合ってる友だちとか、凄く仲の良い友だちのこと？

ハァ？　当ったり前じゃん。

仲良くなきゃ友だちじゃないし、信頼し合ってないと友だちじゃないよ。

辞書って意味わかんねえなー。まあいいや。

それでもさ、親友って響き、眩《まぶ》しいよな。

どういう好きが親友かはよくわかんねけど、とにかく、すっげーすっげー好きなことだけは確かじゃん？

で、そこまで誰かを大好きになれたってことだけで、超ハッピーなことじゃね？

そんなに素敵な誰かに出会えたことだけで、もう十分なんじゃね？

そんな素敵な相手に、自分を同じだけ好きになってほしいってのは、ちょっと厚かましいのかもな。

大好きな相手に大好きになってもらうためには、自分磨きがいちばん。

俺はそう思うよ。

別々の高校に行っても、電話やＬＩＮＥで繋《つな》がってられるんだろ？

だったら、前よりもっとステキになった、成長した自分を見せられるように頑張ればいいじゃん。

そうすりゃ、親友も、高校で新しい友だちができても、「トモ君いいね」さんのことを忘れず、会いたいなって思ってくれるんじゃないかな。

人に期待するばかりじゃなくて、自分でも努力しなきゃ。

人に好きになってもらうには、まず自分が好きになれる自分になること！

おっ、なんかちょっといいこと言ったね！

二週めともなると、お答えもこなれてきたな～。俺、このまま番組ジャックしちゃおうかな。

うそうそ、来週はちゃんとトモが帰ってくるからね。

ん？　カイリ君には親友はいるのって？

うーん、親友ねえ……。

親友は舞台、恋人はファン！　うん、そういうことにしとくよ。

では、次のメール……。


「めーる……うう」

今度は、起こされるまでもなく、自分の声で目が覚め、海里は横たわったまま溜《た》め息をついた。

「はー、また夢か」

掠《かす》れ気味の声で呻《うめ》くようにそう言って、両手で眠い目をゴシゴシと擦《こす》る。

仕込み作業が早めに終わり、開店まで少し時間があるので自室でごろんと横になった瞬間、寝落ちしてしまっていたらしい。

枕代わりにしていた左腕は軽く痺《しび》れ、腹の上には、今日はちゃんと二つ折りにしたタオルケットがかけられている。

首を巡らせると、壁に背中を預けて座り、海里が読みさしのファッション雑誌を腿《もも》の上に広げたロイドと目が合った。

「おや、お目覚めでいらっしゃいますか。もう少しおやすみになれますよ」

「ん、目が覚めたからもういい。タオルケット、サンキュ」

礼を言いつつ、海里はむっくり身を起こし、タオルケットをバサリと適当に畳んで脇に置いた。畳の上に直接寝ていたせいか、腰が鈍く痛む。

卓袱台《ちゃぶだい》の上に置きっぱなしだった、すっかり温《ぬる》くなったペットボトルのお茶をごくごく飲む海里を見ながら、ロイドは静かに問いかけた。

「また、ラジオの夢ですか？」

「うん。何だろ、俺、ラジオのパーソナリティやるの、自分で思ってるより好きだったのかな。最近よく見る。けど、見るたび恥ずかしい」

ペットボトルを片手に持ったまま、もう一方の手で頬を擦る海里に、ロイドは可笑《おか》しそうに笑った。

「また、偉そうなことを言ってしまったとか、そのような？」

「そうそう。なんかラジオとかトークショーとかってさ、いいこと言わなきゃって頑張っちゃうんだよな。あとで思い出すと死にたくなる」

「いいことなら、よいではありませんか」

「中身が伴ってないから、恥ずかしいの」

「なるほど、見かけ倒しというわけですか」

「自分で言うのはいいけど、他人に言われるとなんか腹立つな！」

本気で怒ってはいないものの、海里は口を尖《とが》らせてそう言うと、ロイドの横に移動した。やはり塗り壁に背中を預け、ほっそりした長い脚を畳の上に投げ出す。

「忘れ果ててたつもりで、実はずっと心の壁に引っかかってたのかも。忘れられない一言ってあるよな」

ロイドを見るでもなく、虚空を見てぼんやり呟《つぶや》く海里に、ロイドはやはり世間話のような呑気《のんき》な口調で問いかける。

「どんな一言です？」

「親友についての相談に答えてるとき、ラジオのディレクターにガラス越しに訊《き》かれたんだ。『カイリ君には親友はいるの？』って」

ロイドは興味深そうに海里を見る。

「親友とは、特に親しいお友達といった意味合いの言葉でしょうか。いらっしゃるのですか？　ああ、たとえば李英様とか」

「李英は、うーん、あいつとは最初から仕事の上での先輩後輩だからさ。滅茶苦茶《めちゃくちゃ》大事な存在だし、今でも弟分って感じだな。勿論《もちろん》、役者としてはあいつのほうが全然凄いんだけど、何となく、な」

「なるほど。では、わたしの存じ上げないどなたかが」

「いなかった」

「おや」

海里は天井を見上げ、痛みをこらえるような顔で言った。

「番組内じゃ、友だちなんだから親しいに決まってる、親友なんて変な言葉だ……なーんて屁理屈《へりくつ》こねて誤魔化してたけどさ、俺、考えてみたら、親友なんてひとりもいなかったんだ。でも番組でそんな寒いこと言えないだろ」

ロイドは何も言わず、ただ先を促すようにゆっくり瞬《まばた》きをする。

「幼稚園の頃から、人気者ではあったんだよ。ほら俺、すげえ可愛い子供だったから」

照れ隠しのように自画自賛して、そのくせ笑うことにはあえなく失敗した海里は、半泣きの子供の顔で言葉を継いだ。

「いつだってみんなの中心にいた。場を盛り上げるのは、いつも俺の仕事だった。幼稚園でも、学校でも、劇場……板の上でも。でも、振り返ったら誰もいないんだ。いつだって俺は旗振り役で、みんなは仲間と仲良く喋《しゃべ》りながら、ゆっくりあとからやってくる。先走るときも、調子に乗りすぎて崖《がけ》から落ちるときも、俺は結局、ひとりぼっちだった」

いつもはお喋りなロイドだが、今はじっと耳を傾けている。下手な慰めを言わない優しさが、海里にはむしろ嬉《うれ》しかった。

「うすうす気付いてたけど、ストレートに訊かれたときはギョッとしたな。だからずっと記憶に残ってたんだと思う」

そこでようやくロイドは静かに問いかけた。

「今の海里様にとって、親友とはどのような存在なのです？」

海里は天井を見上げ、少し考えてから答える。

「そうだな。あれ以来、ちゃんと考えることは今の今までなかったけど、普段は心の底に隠してることまでさらけ出すこと、守ること、頼ること、助けること、寄り添うこと……そういうあれこれが、お互いにできる存在かな。そいつのためなら、損得を考えずに動ける。たとえ何もしてくれなくても、そいつが傍にいるだけで……いや、遠くにいたって、そいつが心の中にいるだけで強くなれる。そいつが親友だと思ってくれるような自分でいたいと思える。どっちかが一方的にそう思ってるんじゃなく、お互いにそうであれる関係ってとこ？　上手《うま》くまとまらないけど」

「素晴らしい。よくわかりました」

「そうか？　なんか言葉にすると恥ずかしいけど」

「とんでもない。何も恥ずかしくなどありませんよ。ときに、海里様」

「ん？」

ロイドは微笑んで頷《うなず》き、自分のベストの胸元に右手を当てた。

「それは、人でなくてはなれぬものですか？」

「えっ？」

「眼鏡でも、僕《しもべ》でも、なれるものなのであれば、わたしは海里様の親友になりたい。そう思います」

「ロイド……」

「わたしたちは、互いに命を助け合った。少なくともわたしは、海里様に隠すところは何もございません。……正気を失ったフミ様にあなたが襲われたとき、わたしは後先考えず、あなたを助けたい、助けなくてはと思いました」

「……うん」

「わたしがそのせいで壊れてしまったとき、海里様は泣きそうな顔で必死になって修繕してくださいました。これまでにない強い絆《きずな》を感じたのは、わたしだけだったでしょうか」

「……いや」

海里は言葉少なに、けれどきっぱりと首を横に振る。

「お前だけじゃない。俺もだ。正直、お前があのまま直らなかったらどうしようかと思った。首が痛いことなんか、すっかり忘れてた。……なあロイド」

「はい」

二人は並んで座ったまま、お互いを見ずに話を続ける。

「言われてみれば、俺、お前には何でも話すな。格好悪くて誰にも言えないようなことも、お前には言える」

「はい。わたしも、海里様には何でもお話ししておりますよ」

「眼鏡のお前がポケットに入ってるだけで、どこへ行っても楽しいんだ。お前が、どんなことでも面白がって喜んで、楽しんでくれるから」

「はい。海里様とご一緒なら、何でも経験してみとうございます」

「なんかさあ」

「はい」

「俺たち、とっくに親友だったな」

そう言って、海里は横目でロイドを見て、恥ずかしそうに笑う。

ロイドもまた、海里を見返してニッコリした。

「さようでございますね」

「ただ俺、いつかお前のこと置いて死んじゃうと思うんだけど、それでもいいか？」

「たとえ遠くにいても、心の中にいるだけで強くなれるのが親友。海里様はそう仰《おつしや》ったばかりでしょう？　距離は問題ではないのでしょう。それに、眼鏡もいつかは壊れ、塵《ちり》に還ります。遅いか早いかの違いだけでございますよ」

穏やかに、けれどきっぱりそう言ったロイドの優しい瞳《ひとみ》に宿る微《かす》かな影に気づき、海里は目の奥がジンとするのを感じた。

前の主人が死んだとき、別離のつらさを思い知ったはずのロイドが、それでもなお、海里と深く繋《つな》がろうとしてくれている。

その気持ちが嬉しくて、海里は胸がいっぱいになった。

感謝と喜びを表現しようと言葉を探し、けれど見つけられずに、ただロイドに向かって右の拳《こぶし》を突き出す。

「海里様、それは？」

「俺の初めての親友と、恥ずかしいくらい親友っぽい挨拶《あいさつ》がしたい」

「はて。こう、でございますか？」

ロイドも見よう見まねで左手を握り込み、持ち上げる。

「そう、で、こう」

ロイドの拳に自分の拳をこつんと打ち付け、海里はちょっと赤くなった目を細め、くしゃっと笑った。芸能人だった頃は決して見せなかった、飾り気のない笑顔だ。

「こいつが親友でよかった！って思ったときに、こうするんだ」

「なるほど！　では、わたしからも」

ロイドは自分からおそるおそる拳を海里のそれに軽く当て、「こうでございますか？」と声を弾ませる。

「そ。……これからもよろしくな、親友。だけど、守ってくれるのは、壊れない範囲で頼む。俺の寿命が縮むから」

「それはいけませんね。心します。しかし海里様も、くれぐれもお気をつけて。御身もわたしもどうかお大切に」

「了解」

海里とロイドはもう一度、拳をぶつけ合い、二人して同時に照れ笑いした……。

どうも、夏神です。何や今回はメイン2品、しかも両方がっつり系やけど、どっちもそこそこ役立つメニューなんで、よかったら試してみてください。揚げ物はどうしても避けがちやけど、やっぱし揚げたての旨さは格別ですしね。正直、唐揚げの日は、俺もイガも揚げもってちょいちょい小さい奴をつまみ食いしてます。ロイドの奴は熱に弱いから、冷めるまで食われへんかって、いっつも地団駄。可哀想やけど、こればっかしはな〜。皆さんも、口ん中を火傷せんように気ぃつけて!

イラスト/くにみつ

色黒やけど味はピカイチ!　味噌唐揚げ

★材料(2〜3人前)

鶏もも肉　2〜3枚

勿論、むね肉でもええよ

生姜　すり下ろしたものを大さじ1くらい

日本酒または水　大さじ3

チューブで十分やで。入れたかったら、ニンニクのすり下ろしを入れてもOKや

胡椒　適当に

麦味噌　大さじ山盛り2

甘みがあるから、俺は麦味噌が好きや。他の味噌でもええよ。塩味がきつい味噌を使うときは、砂糖を大さじ1追加したって

薄力粉・片栗粉　適量

揚げ油　適量

★作り方

❶鶏肉を切ろう。皮付きでも外してもどっちでもええけど、皮の下のぷよぷよの脂肪は、できたら包丁でこそげ取ったほうが臭みがのうなる。大きさは好き好きでええけど、漬け込み時間が長いときは大きめ、短いときは小さめがええな。あと、フライパンで揚げ焼きにしたいときは、火の通りが早うなるように、斜めに包丁を入れてそぎ切りにするんが安全安心や。

❷ボウルに、おろし生姜、日本酒、麦味噌、水または日本酒、胡椒好きなだけを合わせて、味噌を溶かすように混ぜる。そこそこ混ざったら、鶏肉を投入して、調味料をよう揉み込んで。手を汚すんが嫌な人もおるけど、ここは手がいちばんや。

❸そのまま冷蔵庫で、できたら2時間以上置く。時間がないときは、念入りに揉み込んだら、それなりに早う味が染みる。朝に漬け込んで夜に揚げたらしっかり味、短い時間やったらあっさり味の唐揚げになる。何度か作って、好みの味の濃さを見つけてな。

❹揚げる直前に、鶏肉をさっと水洗いして、ペーパータオルで水気を取る。そのあと、ボウルに薄力粉と片栗粉をだいたい半々で混ぜ合わせて、そこへ鶏肉を一切れずつ入れて衣をつける。余分な粉をはたき落として、すぐ揚げ油に入れよう。揚げ油は、だいたい180度くらい。フライパンで揚げ焼きにするときは、フライパンに油を大さじ4くらい引いて、衣をつけた鶏肉を並べてから火を点ける。中火でゆっくり火を通そう。

❺味噌のせいで少し黒っぽく仕上がるけど、それも香ばしさのもとや。怖がらんと、菜箸で持ったとき、軽う感じられるくらいまで揚げよう。だいたい、4〜5分が目安や。揚げたら、バットかキッチンペーパーに取って、揚げ時間と同じくらい寝かしといてや。すぐ食べたいやろけど、そこは我慢や。油が切れて、余熱で芯までじんわり火が通る。

※漬け込み時間が短くて、味が薄いな〜っちゅうときは、塩、ポン酢やタバスコがお奨め!

イガから習った、なんちゃってバターチキンカレー

★材料（3〜4人前）

鶏もも肉　2枚　これは、もも肉が断然おすすめや

おろした生姜、ニンニク　それぞれ小さじ2くらい

ニンニクは、臭いが気になるときは省いたらええよ

タマネギ　1/2個　すり下ろす

面倒やけど、ここだけは頑張ってや

バター　30g

カレー粉　大さじ2〜3

トマト水煮缶　1

砂糖　大さじ1

コンソメ　1個または1包

中華のチキンスープの素でも大丈夫や。その場合は、小さじ2くらい

生クリーム　150cc

牛乳でもええんやけど、やっぱり生クリームのほうがとろっとなって旨い

練り胡麻　大さじ1

塩、胡椒　適量

★作り方

❶鶏もも肉を一口大に切る。皮は剝くほうが俺は好みやけど、好き好きで。

❷ノンスティック加工された深めのフライパンか鍋で、中火で鶏肉を炒める。ここでは油は引かんでええよ。軽く塩胡椒して、表面にこんがり焼き色をつけたって。

❸生姜とニンニク、バター、カレー粉、すり下ろしたタマネギを入れて、焦がさんように軽う炒めたら、トマト水煮缶と砂糖、コンソメを投入や。トマトの水煮を木べらで潰し、鍋底をこそげるように時々混ぜながら、15分くらい、弱火で煮よう。水分がだんだん飛んで、濃い感じになってくるはずや。

❹生クリーム、練り胡麻を入れてよう混ぜて、だいたい10分くらい、好みの濃さになるまで弱火で煮詰めよう。

❺仕上げに味をみよう。塩味が足らんかったら塩を、もうちょっと甘うしたいときは、砂糖かケチャップ、はちみつあたりで好みの味に調えたらええ。もっと本格的な味にしたかったら、ガラムマサラをひと瓶買うてきて、ぱっぱっと振るだけで、香りがビックリするくらいようなるで。

ナンもええけど、もっと気軽に白い飯、あとトーストとの相性も抜群や。

本書は書き下ろしです。
この作品はフィクションです。実在の人物、団体等とは一切関係ありません。

最《さい》後《ご》の晩《ばん》ごはん

海《うみ》の花火《はなび》とかき氷《ごおり》

榧《ふし》野《の》道《みち》流《る》

平成29年 12月25日　初版発行

発行者●郡司 聡

発行●株式会社KADOKAWA
〒102-8177　東京都千代田区富士見2-13-3
電話　0570-002-301（ナビダイヤル）

角川文庫 20705

印刷所●株式会社暁印刷　製本所●株式会社ビルディング・ブックセンター

表紙画●和田三造

ISBN978-4-04-106254-8　C0193

角川文庫発刊に際して

角川源義

第二次世界大戦の敗北は、軍事力の敗北であった以上に、私たちの若い文化力の敗退であった。私たちの文化が戦争に対して如何に無力であり、単なるあだ花に過ぎなかったかを、私たちは身を以て体験し痛感した。西洋近代文化の摂取にとって、明治以後八十年の歳月は決して短かすぎたとは言えない。にもかかわらず、近代文化の伝統を確立し、自由な批判と柔軟な良識に富む文化層として自らを形成することに私たちは失敗して来た。そしてこれは、各層への文化の普及滲透を任務とする出版人の責任でもあった。

一九四五年以来、私たちは再び振出しに戻り、第一歩から踏み出すことを余儀なくされた。これは大きな不幸ではあるが、反面、これまでの混沌・未熟・歪曲の中にあった我が国の文化に秩序と確たる基礎を齎らすためには絶好の機会でもある。角川書店は、このような祖国の文化的危機にあたり、微力をも顧みず再建の礎石たるべき抱負と決意とをもって出発したが、ここに創立以来の念願を果すべく角川文庫を発刊する。これまで刊行されたあらゆる全集叢書文庫類の長所と短所とを検討し、古今東西の不朽の典籍を、良心的編集のもとに、廉価に、そして書架にふさわしい美本として、多くのひとびとに提供しようとする。しかし私たちは徒らに百科全書的な知識のジレッタントを作ることを目的とせず、あくまで祖国の文化に秩序と再建への道を示し、この文庫を角川書店の栄ある事業として、今後永久に継続発展せしめ、学芸と教養との殿堂として大成せんことを期したい。多くの読書子の愛情ある忠言と支持とによって、この希望と抱負とを完遂せしめられんことを願う。

一九四九年五月三日

最後の晩ごはん

ふるさととだし巻き卵

椹野道流

泣いて笑って癒される、小さな店の物語

若手イケメン俳優の五十嵐海里《いがらしかいり》は、ねつ造スキャンダルで活動休止に追い込まれてしまう。全てを失い、郷里の神戸に戻るが、家族の助けも借りられず……。行くあてもなく絶望する中、彼は定食屋の夏神留二《なつがみりゅうじ》に拾われる。夏神の定食屋「ばんめし屋」は、夜に開店し、始発が走る頃に閉店する不思議な店。そこで働くことになった海里だが、とんでもない客が現れて……。幽霊すらも常連客!?　美味しく切なくほっこりと、「ばんめし屋」開店！

ISBN 978-4-04-102056-2

ローウェル骨董店の事件簿

椹野道流

骨董屋の兄と検死官の弟が、絆で謎を解き明かす！

第一次世界大戦直後のロンドン。クールな青年医師デリックは、戦地で傷を負って以来、検死官として働くように。骨董店を営む兄のデューイとは、ある事情からすっかり疎遠な状態だ。そんな折、女優を目指す美しい女性が殺された。その手には、小さな貝ボタンが握られていた。幼なじみで童顔の刑事エミールに検死を依頼されたデリックは、成り行きでデューイと協力することになり……。涙の後に笑顔になれる、癒やしの英国ミステリ。

角川文庫のキャラクター文芸

ISBN 978-4-04-103362-3

カブキブ！1

榎田ユウリ

経験不問。カブキ好きなら大歓迎！

高校一年の来栖《くるす》黒悟《くろご》（クロ）は、祖父の影響で歌舞伎が大好き。歌舞伎を部活でやってみたい、でもそんな部はない。だったら創ろう！と、入学早々「カブキブ」設立を担任に訴える。けれど反応は鈍く、同好会ならと言わせるのが精一杯。それでも人数は５人必要。クロは親友のメガネ男子・トンボと仲間集めを開始。無謀にも演劇部のスター、浅葱《あさぎ》先輩にアタックするが……!?　こんな青春したかった！　ポップで斬新なカブキ部物語、開幕！

角川文庫のキャラクター文芸

ISBN 978-4-04-100956-7

うちの執事に願ったならば

高里椎奈

それぞれの理想がすれちがう、新米主従のミステリ！

烏丸《からすま》家当主を継いで一年以上が過ぎ、執事の衣更月《きさらぎ》と衝突しながらも奮闘する花穎《かえい》。大学が夏休みに入り仕事の傍ら、石漱棗《いしざきなつめ》の誘いを受けて彼の地元を訪ねることに。友人宅でお泊まりという人生初めてのイベントに心躍る花穎だが、道中トラブルに巻き込まれてしまい……⁉　一方で同行を許されない衣更月は、主人を守るために取るべき行動の限度について悩んでいた。若き当主と新米執事、不本意コンビが織りなす上流階級ミステリ！

角川文庫のキャラクター文芸

ISBN 978-4-04-105271-6

札幌アンダーソング

小路幸也

天才美少年が「変態事件」の謎を解く!?

北海道は札幌の雪の中で全裸死体が見つかった。若手刑事の仲野久《ひさし》ことキュウは、無駄にイイ男の先輩・根来《ねごろ》と捜査に乗り出すが、その死因はあまりにも変態的なもので、2人は「変態の専門家」に協力を仰ぐことに。その人物とは美貌の天才少年・志村春。彼は4代前までの先祖の記憶と知識を持ち、あらゆる真実を導き出せるというのだ。春は変態死体に隠されたメッセージを解くが!?　平凡刑事と天才探偵の奇妙な事件簿、開幕！

角川文庫のキャラクター文芸

ISBN 978-4-04-103490-3

櫻子さんの足下には死体が埋まっている

太田紫織

骨と真実を愛するお嬢様の傑作謎解き

北海道、旭川。平凡な高校生の僕は、レトロなお屋敷に住む美人なお嬢様、櫻子さんと知り合いだ。けれど彼女には、理解出来ない嗜好《しこう》がある。なんと彼女は「三度の飯より骨が好き」。骨を組み立てる標本士である一方、彼女は殺人事件の謎を解く、検死官の役をもこなす。そこに「死」がある限り、謎を解かずにいられない。そして僕は、今日も彼女に振り回されて……。エンタメ界期待の新人が放つ、最強キャラ×ライトミステリ！

ISBN 978-4-04-100695-5